周作人

著

春水煎茶，听雨看花

周作人散文精选集

华中科技大学出版社
http://www.hustp.com
中国 · 武汉

图书在版编目(CIP)数据

春水煎茶，听雨看花：周作人散文精选集 / 周作人著. —武汉：华中科技大学出版社，2020.8（2023.6 重印）

ISBN 978-7-5680-6073-8

Ⅰ.①春… Ⅱ.①周… Ⅲ.①散文集—中国—现代 Ⅳ.①I266

中国版本图书馆CIP数据核字（2020）第058387号

春水煎茶，听雨看花：周作人散文精选集 周作人 著

Chunshui Jiancha, Tingyu Kanhua: Zhou Zuoren Sanwen Jingxuanji

策划编辑：娄志敏 杨 帆

责任编辑：娄志敏

封面设计：三形三色

责任校对：李 琴

责任监印：朱 玢

出版发行：华中科技大学出版社（中国·武汉） 电话：（027）81321913

　　　　　武汉市东湖新技术开发区华工科技园 邮编：430223

印　　刷：湖北新华印务有限公司

开　　本：880mm×1230mm　　1/32

印　　张：7.5　插页：1

字　　数：175千字

版　　次：2023年6月第1版第7次印刷

定　　价：42.00元

次溪兄：

十六日手書酒悉。花已小幅，定日内寄

縱容呈，唯解放以不多作詩，也只得仍錄

舊作，殊深慚恧。此請

近安

七月十八日　作人拜

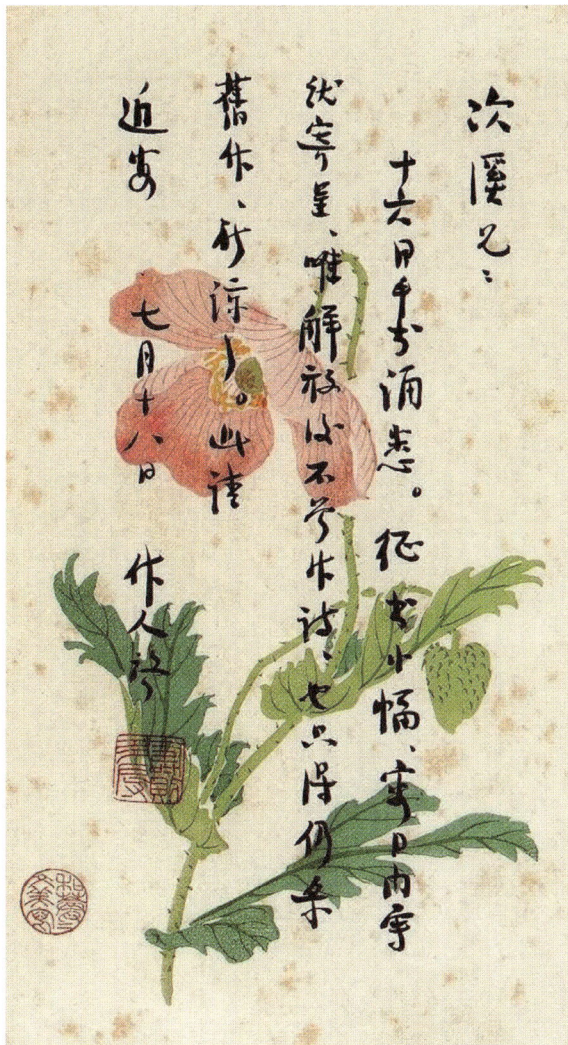

周作人致张次溪（江裁）笺

知堂《五十自寿诗》

可笑老翁垂八十行为端的似童痴劈情独脚

思山父幻作青毡帐野狸对话有时紫息腔诙谐

犹喜撤胡荽低头只顾贪馋载点卯斜阳上土塘

甲辰冬日字八十自笑诗

知堂

知堂八十自笑诗

周作人手迹

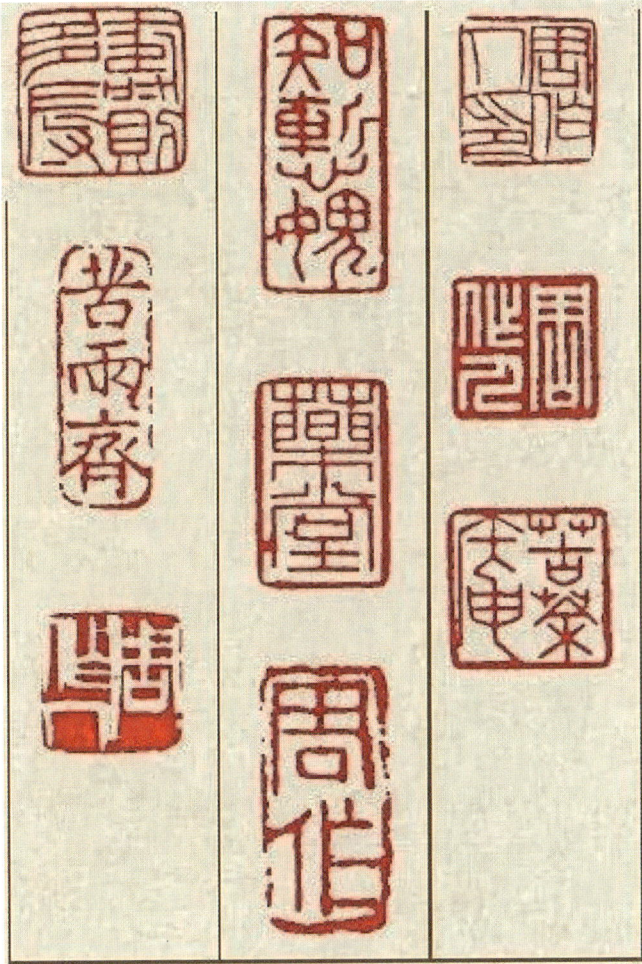

周作人印章

新城先生 久未奉候，想少起居佳勝，为
均適为慰。前闻贵书局翻译文学书大计画，
未悉目下進行如何？夫人楊君晤 此大出身，中英
文均佳，少加淬錬社多年，译著不少，頃赴上海，
特為紹介，新媚摄見，為有翻译工作可以見
付，必較勝任愉快也。耑此奉陈，
诸希 詧察，顺须
近安 不宣。
即周作人啟 四月廿五日

周作人致友人信

契诃夫（Tshekhob）书简集中有一节道（那时他在瑷珲附近旅行）："我请一个中国人到酒店里喝烧酒，他在未饮之前举杯向着我和酒店主人及伙计们，说道：'请。'这是中国的礼节。他并不像我们那样的一饮而尽，却是一口一口的啜，每啜一口，吃一点东西；随后给我几个中国铜钱，表示感谢之意。这是一种怪有礼的民族……"

一口一口的啜，这的确是中国仅存的饮酒的艺术：干杯者不能知酒味，泥醉者不能知微醺之味。中国人对于饮食还知道一点享用之术，但是一般的生活之艺术却早已失传了。中国生活的方式现在只是两个极端，非禁欲即是纵欲，非连酒字都不准说即是浸身在酒槽里，二者互相反动，各益增长，而其结果则是同样的污槽。动物的生活本有自然的调节，中国在千年以前文化发达，一时颇有臻于灵肉一致之象，后来为禁欲思想所战胜，变成现在这样的生活，无自由，无节制，一切在礼教的面具底下实行迫压与放恣，实在所谓礼者早已消灭无存了。

生活不是很容易的事。动物那样的，自然地简易地生活，是其一法；把生活当作一种艺术，微妙地美地生活，又是一法。二者之外别无道路，有之则是禽兽之下的乱调的生活了。生活之艺术只在禁欲与纵欲的调和。蔼理斯对于这个问题很有精到的意见，他排斥宗教的禁欲主义，但以为禁欲亦是人性的一面，欢乐与节制二者并存，且不相反而实相成。人有禁欲的倾向，即所以防欢乐的过量，并即以增欢乐的程度。他在《圣芳济与其他》一篇论文中曾说道："有人以此二者（即禁欲与耽溺）之一为其生活之唯一目的者，其人将在尚未生活之前早已死了。有人先将其一（耽溺）推至极端，再转而之他，其人才真能了解人生是什么，日后将被纪念为模范的高僧。但是始终尊重这二重理想者，那才是知生活法的明智的大师……一切生活是一个建设与破坏，一个取进与付出，一个永远的构成作用与分解作用的循环。要正当地生活，我们须得模仿大自然的豪华与严肃。"他又说过，"生活之艺术，其方法只在于微妙地混合取与舍二者而已"，更是简明的说出这个意思来了。

生活之艺术这个名词，用中国固有的字来说便是所谓礼。斯谛耳博士在《仪礼》序上说："礼节并不单是一套仪式，空虚无用，如后世所沿袭者。这是用以养成自制与整饬的动作之习惯，唯有能领解万物感受一切之心的人才有这样安详的容止。"从前听说辜鸿铭先生批评英文《礼记》译名的不妥当，以为"礼"不是rite而是art，当时觉得有点乖僻，其实却是对的，不过这是指本来的礼，后来的礼仪、礼教都是堕落了的东西，不足当这个称呼了。中国的礼早已丧失，只有如上文所说，还略存于茶酒之间而已。去年有西人反对上海禁娼，以为妓院是中国文化所在的地方，这句话的确难免有点荒谬，但仔细想来也不无若干理由。我们不必拉扯唐代的官妓，希腊的"女友"（hetaira）的韵事来作辩护，只想起某外人的警句，"中国挟妓如西洋的求婚，中国娶妻如西洋的宿娼"，或者不能不感到《爱之术》（*Ars Amatoria*）真是只存在草野之间了。我们并不同某西人那样要保存妓院，只觉得在有些怪论里边，也常有真实存在罢了。

中国现在所切要的是一种新的自由与新的节制，去建造中国的新文明，也就是复兴千年前的旧文明，也就是与西方文化的基础之希腊文明相合一了。这些话或者说的太大、太高了，但据我想舍此中国别无得救之道，宋以来的道学家的禁欲主义总是无用的了，因为这只足以助成纵欲而不能收调节之功。其实这生活的艺术在有礼节、重中庸的中国本来不是什么新奇的事物，如《中庸》的起头说，"天命之谓性，率性之谓道，修道之谓教"，照我的解说即是很明白的这种主张。不过后代的人都只拿去讲章旨节旨，没有人实行罢了。我不是说半部《中庸》可以济世，但以表示中国可以了解这个思想。日本虽然也很受到宋学的影响，生活上却可以说是承受平安朝的系统，还有许多唐代的流风余韵，因此了解生活之艺术也更是容易。在许多风俗上日本的确保存这艺术的色彩，为我们中国人所不及，但由道学家看来，或者这正是他们的缺点也未可知罢。

十三年十一月

目 录 Contents

第一章
得半日之闲，抵十年尘梦

我们看夕阳，看秋河，看花，听雨，闻香，喝不求解渴的酒，吃不求饱的点心，都是生活上必要的——虽然是无用的装点，而且是愈精炼愈好。

第二章
万物有灵，草木有心

我觉得大可以不必如此，随便听听都是很有趣味的，
不但是这些久成诗料的东西，一切鸣声其实都可以听。

第三章
半日静坐，半日读书

我只希望，祈祷，我的心境不要再粗糙下去，荒芜下去，
这就是我的最大愿望。

第四章
没有更上的寂寞

最好是闲静地招呼那熹微的晨光，不必忙乱地奔向前去，
也不要对于落日忘记感谢那曾为晨光之垂死的光明。

第五章
微妙且美地生活

生活不是很容易的事。动物那样的，自然地简易地生活，是其一法；把生活当作一种艺术，微妙地美地生活，又是一法。生活之艺术，其方法只在于微妙地混合取与舍二者而已。

第一章

得半日之闲，抵十年尘梦

我们看夕阳，看秋河，看花，听雨，闻香，喝不求解渴的酒，吃不求饱的点心，都是生活上必要的——虽然是无用的装点，而且是愈精炼愈好。

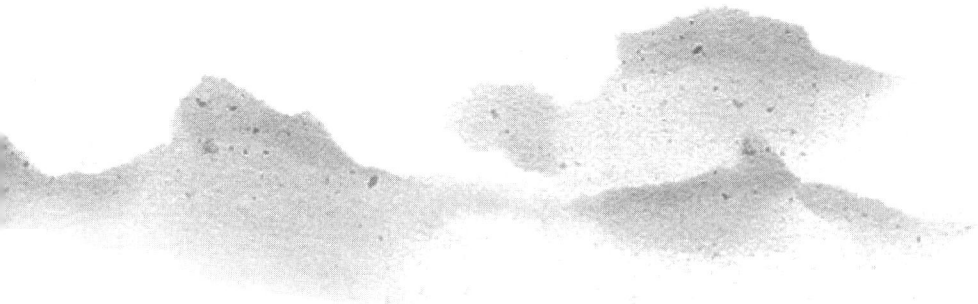

喝茶

1924年12月29日刊《语丝》7期。

前回徐志摩先生在平民中学讲"吃茶"，——并不是胡适之先生所说的"吃讲茶"，——我没有工夫去听，又可惜没有见到他精心结构的讲稿，但我推想他是在讲日本的"茶道"（英文译作 *teaism*），而且一定说的很好。"茶道"的意思，用平凡的话来说，可以称作"忙里偷闲，苦中作乐"，在不完全的现世享乐一点美与和谐，在刹那间体会永久，是日本之"象征的文化"里的一种代表艺术。关于这一件事，徐先生一定已有透彻巧妙的解说，不必再来多嘴，我现在所想说的，只是我个人的很平常的喝茶罢了。

喝茶以绿茶为正宗。红茶已经没有什么意味，何况又加糖与牛奶？葛辛（George Gissing）的《草堂随笔》（*Private Papers of Henry Ryecroft*）确是很有趣味的书，但冬之卷里说及饮茶，以为英国家庭里下午的红茶与黄油面包是一日中最大的乐事，支那饮茶已历千百年，未必能领略此种乐趣与实益的万分之一，则我殊不以为然。红茶带"土斯"未始不可吃，但这只是当饭，在肚饥时食之而已；我的所谓喝茶，却是在喝清茶，在赏鉴其色与香与味，意未必在止渴，自然更不在果腹了。

中国古昔曾吃过煎茶及抹茶，现在所用的都是泡茶，冈仓觉三[1]在《茶之书》（*Book of Tea*，1919）里很巧妙的称之曰"自然主义的茶"，所以我们所重的即在这自然之妙味。中国人上茶馆去，左一碗右一碗的喝了半天，好像是刚从沙漠里回来的样子，颇合于我的喝茶的意思（听说闽粤有所谓吃工夫茶者自然也有道理），只可惜近来太是洋场化，失了本意，其结果成为饭馆子之流，只在乡村间还保存一点古风，唯是屋宇器具简陋万分，或者但可称为颇有喝茶之意，而未可许为已得喝茶之道也。

喝茶当于瓦屋纸窗之下，清泉绿茶，用素雅的陶瓷茶具，同二三人共饮，得半日之闲，可抵十年的尘梦。喝茶之后，再去继续修各人的胜业，无论为名为利，都无不可，但偶然的片刻优游乃正亦断不可少。中国喝茶时多吃瓜子，我觉得不很适宜；喝

---

① 冈仓觉三，即冈仓天心，原名冈仓觉三，日本明治时期著名美术家、思想家，著有《茶之书》等，编者注。

茶时可吃的东西应当是轻淡的"茶食"。中国的茶食却变了"满汉饽饽"，其性质与"阿阿兜"相差无几，不是喝茶时所吃的东西了。日本的点心虽是豆米的成品，但那优雅的形色，朴素的味道，很合于茶食的资格，如各色的"羊羹"（据上田恭辅氏考据，说是出于中国唐时的羊肝饼），尤有特殊的风味。江南茶馆中有一种"干丝"，用豆腐干切成细丝，加姜丝酱油，重汤炖热，上浇麻油，出以供客，其利益为"堂倌"所独有。豆腐干中本有一种"茶干"，今变而为丝，亦颇与茶相宜。在南京时常食此品，据云有某寺方丈所制为最，虽也曾尝试，却已忘记，所记得者乃只是下关的江天阁而已。学生们的习惯，平常"干丝"既出，大抵不即食，等到麻油再加，开水重换之后，始行举箸，最为合适，因为一到即罄，次碗继至，不遑应酬，否则麻油三浇，旋即撤去，怒形于色，未免使客不欢而散，茶意都消了。

吾乡昌安门外有一处地方，名三脚桥（实在并无三脚，乃是三出，因以一桥而跨三汊的河上也），其地有豆腐店曰周德和者，制茶干最有名。寻常的豆腐干方约寸半，厚三分，值钱二文，周德和的价值相同，小而且薄，几及一半，黝黑坚实，如紫檀片。我家距三脚桥有步行两小时的路程，故殊不易得，但能吃到油炸者而已。每天有人挑担设炉镬，沿街叫卖，其词曰：

辣酱辣，麻油炸，

红酱搭，辣酱拓：

周德和①格五香油炸豆腐干。

其制法如上所述，以竹丝插其末端，每枚值三文。豆腐干大小如周德和，而甚柔软，大约系常品，唯经过这样烹调，虽然不是茶食之一，却也不失为一种好豆食。——豆腐的确也是极乐的佳妙的食品，可以有种种的变化，唯在西洋不会被领解，正如茶一般。

日本用茶淘饭，名曰"茶渍"，以腌菜及"泽庵"（即福建的黄土萝卜，日本泽庵法师始传此法，盖从中国传去）等为佐，很有清淡而甘香的风味。中国人未尝不这样吃，唯其原因，非由穷困即为节省，殆少有故意往清茶淡饭中寻其固有之味者，此所以为可惜也。

十三年十二月

---

① 周德和，绍兴著名茶干品牌，编者注。

谈酒

这个年头儿，喝酒倒是很有意思的。我虽是京兆人，却生长在东南的海边，是出产酒的有名地方。我的舅父和姑父家里时常做几缸自用的酒，但我终于不知道酒是怎么做法，只觉得所用的大约是糯米，因为儿歌里说，"老酒糯米做，吃得变nionio"——末一字是本地叫猪的俗语。做酒的方法与器具似乎都很简单，只有煮的时候的手法极不容易，非有经验的工人不办，平常做酒的人家大抵聘请一个人来，俗称"酒头工"，以自己不能喝酒者为最上，叫他专管鉴定煮酒的时节。有一个远房亲戚，我们叫他"七斤公公"，——他是我舅父的族叔，但是在他家里做短工，所以舅母只叫他作"七斤老"，有时也听见她叫"老七斤"，是这样的酒头工，每年去帮人家做酒；他喜吸旱烟，说玩话，打马将，但是不大喝酒（海边的人喝一两碗是不算能喝，照市价计算也不值十文钱的酒），所以生意很好，时常跑一二百里路被招到诸暨嵊县去。据他说这实在并不难，只须走到缸边屈着身听，听见里边起泡的声音切切察察的，好像是螃蟹吐沫（儿童称为蟹煮饭）的样子，便拿来煮就得了；早一点酒还未成，迟一点就变酸了。但是怎么是恰好的时期，别人仍不能知道，只有听熟的耳朵才能够断定，正如骨董家的眼睛辨别古物一样。

大人家饮酒多用酒盅，以表示其斯文，实在是不对的。正当的喝法是用一种酒碗，浅而大，底有高足，可以说是古已有之的香槟杯。平常起码总是两碗，合一"串筒"，价值似是六文一碗。串筒略如倒写的"凸"字，上下部如一与三之比，以洋铁为之，无盖无嘴，可倒而不可筛，据好酒家说酒以倒为正宗，筛出来的不大好吃。唯酒保好于量酒之前先"荡"（置水于器内，摇荡而洗涤之谓）串筒，荡后往往将清水之一部分留在筒内，客嫌酒淡，常起争执，故喝酒老手必先戒堂倌以勿荡串筒，并监视其量好放在温酒架上。能饮者多索竹叶青，通称曰"本色"，"元红"系状元红之略，则着色者，唯外行人喜饮之。在外省有所谓花雕者，唯本地酒店中却没有这样东西。相传昔时人家生女，则酿酒贮花雕（一种有花纹的酒坛）中，至女儿出嫁时用以饷客，但此风今已不存，嫁女时偶用花雕，也只临时买元红充数，饮者不以为珍品。有些喝酒的人预备家酿，却有极好的，每年做醇酒若干坛，按次第埋园中，二十年后掘取，即每岁皆得饮二十年陈的老酒了。此种陈酒例不发售，故无处可买，我只有一回在旧日业师家里喝过这样好酒，至今还不曾忘记。

我既是酒乡的一个土著，又这样的喜欢谈酒，好像一定是个与"三酉"结不解缘的酒徒了。其实却大不然。我的父亲是很能喝酒的，我不知道他可以喝多少，只记得他每晚用花生米、水果等下酒，且喝且谈天，至少要花费两点钟，恐怕所喝的酒一定很不少了。但我却是不肖，不，或者可以说有志未逮，因为我很喜欢喝酒而不会喝，所以每逢酒宴我总是第一个醉与脸红的。自从辛酉患病后，医生叫我喝酒以代药饵，定量是勃阑地每回二十格阑姆，葡萄酒与老酒等倍之，六年以后酒量一点没有进步，到现在只要喝下一百格阑姆的花雕，便立刻变成关夫子了。有些有不醉之量的，愈饮愈是脸白的朋友，我觉得非常可以欣羡，只可惜他们愈能喝酒便愈不肯喝酒，好像是美人之不肯显示她的颜色，这实在是太不应该了。

黄酒比较的便宜一点，所以觉得时常可以买喝，其实别的酒也未尝不好。白干于我未免过凶一点，我喝了常怕口腔内要起泡，山西的汾酒与北京的莲花白虽然可喝少许，也总觉得不很和善。日本的清酒我颇喜欢，只是仿佛新酒模样，味道不很静定。葡萄酒与橙皮酒都很可口，但我以为最好的还是勃阑地。我觉得西洋人不很能够了解茶的趣味，至于酒则很有工夫，决不下于中国。天天喝洋酒当然是一个大的漏卮，正如吸烟卷一般，但不必一定进国货党，咬定牙根要抽净丝，随便喝一点什么酒其实都是无所不可的，至少是我个人这样的想。

喝酒的趣味在什么地方？这个我恐怕有点说不明白。有人说，酒的乐趣是在醉后的陶然的境界。但我不很了解这个境界是怎样的，因为我自饮酒以来似乎不大陶然过，不知怎的我的醉大抵都只是生理的，而不是精神的陶醉。所以照我说来，酒的趣味只是在饮的时候，我想悦乐大抵在做的这一刹那，倘若说是陶然那也当是杯在口的一刻罢。醉了，困倦了，或者应当休息一会儿，也是很安舒的，却未必能说酒的真趣是在此间。昏迷，梦魇，呓语，或是忘却现世忧患之一法门；其实这也是有限的，倒还不如把宇宙性命都投在一口美酒里的耽溺之力还要强大。我喝着酒，一面也怀着"杞天之虑"，生恐强硬的礼教反动之后将引起颓废的风气，结果是借醇酒妇人以避礼教的迫害，沙宁（Sanin）时代的出现不是不可能的。但是，或者在中国什么运动都未必彻底成功，青年的反拨力也未必怎么强盛，那么杞天终于只是杞天，仍旧能够让我们喝一口非耽溺的酒也未可知。倘若如此，那时喝酒又一定另外觉得很有意思了罢？

民国十五年六月二十日，于北京

乌篷船

子荣①君：

接到手书，知道你要到我的故乡去，叫我给你一点什么指导。老实说，我的故乡，真正觉得可怀恋的地方，并不是那里；但是因为在那里生长，住过十多年，究竟知道一点情形，所以写这一封信告诉你。

我所要告诉你的，并不是那里的风土人情，那是写不尽的，但是你到那里一看也就会明白的，不必啰嗦地多讲。我要说的是一种很有趣的东西，这便是船，你在家乡平常总坐人力车，电车，或是汽车，但在我的故乡那里这些都没有，除了在城内或山

---

① 子荣，周作人笔名，一说于荣，系从周作人在日本时的恋人"乾荣子"的名字点化而来，这是一封作者写给自己的信，编者注。

上是用轿子以外，普通代步都是用船。船有两种，普通坐的都是"乌篷船"，白篷的大抵作航船用，坐夜航船到西陵去也有特别的风趣，但是你总不便坐，所以我也就可以不说了。乌篷船大的为"四明瓦"（sy-menngoa），小的为脚划船（划读如 uoa），亦称小船。但是最适用的还是在这中间的"三道"，亦即三明瓦。篷是半圆形的，用竹片编成，中夹竹箬，上涂黑油，在两扇"定篷"之间放着一扇遮阳，也是半圆的，木作格子，嵌着一片片的小鱼鳞，径约一寸，颇有点透明，略似玻璃而坚韧耐用，这就称为明瓦。三明瓦者，谓其中舱有两道，后舱有一道明瓦也。船尾用橹，大抵两支，船首有竹篙，用以定船。船头着眉目，状如老虎，但似在微笑，颇滑稽而不可怕，唯白篷船则无之。三道船篷之高大约可以使你直立，舱宽可以放下一顶方桌，四个人坐着打麻将，——这个恐怕你也已学会了罢？小船则真是一叶扁舟，你坐在船底席上，篷顶离你的头有两三寸，你的两手可以搁在左右的舷上，还把手都露出在外边。在这种船里仿佛是在水面上坐，靠近田岸去时泥土便和你的眼鼻接近，而且遇着风浪，或是坐得少不小心，就会船底朝天，发生危险，但是也颇有趣味，是水乡的一种特色。不过你总可以不必去坐，最好还是坐那三道船罢。

你如坐船出去，可是不能像坐电车的那样性急，立刻盼望走到。倘若出城，走三四十里路（我们那里的里程是很短，一里才及英里三分之一），来回总要预备一天。你坐在船上，应该是游山的态度，看看四周物色，随处可见的山，岸旁的乌桕，河边的红蓼和白蘋，渔舍，各式各样的桥，困倦的时候睡在舱中拿出随笔来看，或者冲一碗清茶喝喝。偏门外的鉴湖一带，贺家池，壶觞左近，我都是喜欢的，或者往娄公埠骑驴去游兰亭（但我劝你还是步行，骑驴或者于你不很相宜），到得暮色苍然的时候进城上都挂着薜荔的东门来，倒是颇有趣味的事。倘若路上不平静，你往杭州去时可于下午开船，黄昏时候的景色正最好看，只可惜这一带地方的名字我都忘记了。夜间睡在舱中，听水声橹声，来往船只的招呼声，以及乡间的犬吠鸡鸣，也都很有意思。雇一只船到乡下去看庙戏，可以了解中国旧戏的真趣味，而且在船上行动自如，要看就看，要睡就睡，要喝酒就喝酒，我觉得也可以算是理想的行乐法。只可惜讲维新以来这些演剧与迎会都已禁止，中产阶级的低能人别在"布业会馆"等处建起"海式"的戏场来，请大家买票看上海的猫儿戏。这些地方你千万不要去。——你到我那故乡，恐怕没有一个人认得，我又因为在教书不能陪你去玩，坐夜船，谈闲天，实在抱歉而且惆怅。川岛君夫妇现在偶山下，本来可以给你介绍，但是你到那里的时候他们恐怕已经离开故乡了。初寒，善自珍重，不尽。

十五年一月十八日夜，于北京

北平的春天

北平的春天似乎已经开始了，虽然我还不大觉得。立春已过了十天，现在是七九六十三的起头了，布袖摊在两肩，穷人该有欣欣向荣之意。

光绪甲辰即一九〇四年小除那时，我在江南水师学堂曾作一诗云：

一年倏就除，风物何凄紧。百岁良悠悠，向日催人尽。既不为大椿，便应如朝菌。一死息群生，何处问灵蠢。

但是第二天除夕我又做了这样一首云：

东风三月烟花好，凉意千山云树幽，冬最无情今归去，明朝又得及春游。

这诗是一样的不成东西，不过可以表示我总是很爱春天的。春天有什么好呢，要讲他的力量及其道德的意义，最好去查盲诗人爱罗先珂的抒情诗的演说，那篇世界语原稿是由我笔录，译本也是我写的，所以约略都还记得，但是这里誊录自然也更可不必了。春天的是官能的美，是要去直接领略的，关门歌颂一无是处，所以这里抽象的话暂且割爱。

且说我自己的关于春的经验，都是与游有相关的。古人虽说以鸟鸣春，但我觉得还是在别方面更感到春的印象，即是水与花木。迂阔地说一句，或者这正是活物的根本的缘故罢。小时候，在春天总有些出游的机会，扫墓与香市是主要的两件事，而通行只有水路，所在又多是山上野外，那么这水与花木自然就不会缺少的。

香市是公众的行事，禹庙南镇香炉峰为其代表。扫墓是私家的，会稽的乌石头调马场等地方至今在我的记忆中还是一种代表的春景。庚子年三月十六日的日记云：

晨坐船出东郭门，挽纤行十里，至绕门山，今称东湖，为陶心云先生所创修，堤计长二百丈，皆植千叶桃垂柳及女贞子各树，游人颇多。又三十里至富盛埠，乘兜桥过市行三里许，越岭，约千余级。山中映山红、牛郎花甚多，又有蕉藤数株，着花蔚蓝色，状如豆花，结实即刀豆也，可入药。路皆竹林，竹萌之出土者粗于碗口而长仅二三寸，颇为可观。忽闻有声如鸡鸣，阁阁然，山谷皆响，问之轿夫，云系雉鸡叫也。又二里许过一溪，阔数丈，水没及骭，舁者乱流而渡，水中圆石颗颗，大如鹅卵，整洁可喜。行一二里至墓所，松柏夹道，颇称闳壮。方祭时，小雨簌簌落衣袂间，幸即晴霁。下山午餐，下午开船。将进城门，忽天色如墨，雷电并作，大雨倾注，至家不息。

旧事重提，本来没有多大意思，这里只是举个例子，说明我春游的观念而已。我们本是水乡的居民，平常对于水不觉得怎么新奇，要去临流赏玩一番，可是生平与水太相习了，自有一种情分，仿佛觉得生活的美与悦乐之背景里都有水在，由水而生的草木次之，禽虫又次之。我非不喜禽虫，但它总离不了草木，不但是吃食，也实是必要的寄托，盖即使以鸟鸣春，这鸣也得在枝头或草原上才好，若是雕笼金锁，无论怎样的鸣得起劲，总使人听了索然兴尽也。

话休烦絮。到底北京的春天怎么样了呢？老实说，我住在北京和北平已将二十年，不可谓不久矣，对于春游却并无什么经验。妙峰山虽热闹，尚无暇瞻仰，清明郊游只有野哭可听耳。北平缺少水气，使春光减了成色，而气候变化稍剧，春天似不曾独立存在，如不算它是夏的头，亦不妨称为冬的尾，总之风和日暖让我们着了单袷可以随意徜徉的时候是极少，刚觉得不冷就要热了起来了。不过这春的季候自然还是有的。第一，冬之后明明是春，且不说节气上的立春也已过了。第二，生物的发生当然是春的证据，牛山和尚诗云，春叫猫儿猫叫春，是也。人在春天却只是懒散，雅人称曰春困，这似乎是别一种表示。所以北平到底还是有它的春天，不过太慌张一点了，又欠腴润一点，叫人有时来不及尝它的味儿，有时尝了觉得稍枯燥了，虽然名字还叫作春天，但是实在就把它当作冬的尾，要不然便是夏的头，反正这两者在表面上虽差得远，实际上对于不大承认它是春天原是一样的。

我倒还是爱北平的冬天。春天总是故乡的有意思，虽然这是三四十年前的事，现在怎么样我不知道。至于冬天，就是三四十年前的故乡的冬天我也不喜欢：那些手脚生冻瘃，半夜里醒过来像是悬空挂着似的上下四旁都是冷气的感觉，很不好受，在北平的纸糊过的屋子里就不会有的。在屋里不苦寒，冬天便有一种好处，可以让人家做事，手不僵冻，不必炙砚呵笔，于我们写文章的人大有利益。北平虽几乎没有春天，我并无什么不满意，盖吾以冬读代春游之乐久矣。

廿五年二月十四日

中秋的月亮

敦礼臣[①]著《燕京岁时记》云：

京师之日八月节者，即中秋也。每届中秋，府第朱门皆以月饼果品相馈赠，至十五月圆时，陈瓜果于庭以供月，并祀以毛豆鸡冠花。是时也，皓魄当空，彩云初散，传杯洗盏，儿女喧哗，真所谓佳节也。惟供月时，男子多不叩拜，故京师谚曰，男不拜月，女不祭灶。

此记作于四十年前，至今风俗似无甚变更，虽民生凋敝，百

---

① 敦礼臣，清富察氏人，其著作《燕京岁时记》约成书于清光绪年间，后文敦崇亦即此人，编者注。

物较二年前超过五倍，但中秋吃月饼恐怕还不肯放弃，至于赏月则未必有此兴趣了罢。本来举杯邀月这只是文人的雅兴，秋高气爽，月色分外光明，更觉得有意思，特别定这日为佳节，若在民间不见得有多大兴味，大抵就是算账要紧，月饼尚在其次。

我回想乡间一般对于月亮的意见，觉得这与文人学者的颇不相同。普通称月曰月亮婆婆，中秋供素月饼水果及老南瓜，又凉水一碗，妇孺拜毕，以指蘸水涂目，祝曰眼目清凉。相信月中有娑婆树，中秋夜有一枝落下人间，此亦似即所谓月华，但不幸如落在人身上，必成奇疾，或头大如斗，必须断开，乃能取出宝物也。

月亮在天文中本是一种怪物，忽圆忽缺，诸多变异，潮水受它的呼唤，古人又相信其与女人生活有关。更奇的是与精神病者也有微妙的关系，拉丁文便称此病曰月光病，仿佛与日射病可以对比似的。这说法现代医家当然是不承认了，但是我还有点相信，不是说其间隔发作的类似，实在觉得月亮有其可怕的一面，患怔忡的人见了会生影响，正是可能的事罢。

好多年前夜间从东城回家来，路上望见在昏黑的天上挂着一钩深黄的残月，看去很是凄惨，我想我们现代都市人尚且如此感觉，古时原始生活的人当更如何？住在岩窟之下，遇见这种情景，听着豺狼嗥叫，夜鸟飞鸣，大约没有什么好的心情，——不，即使并无这些禽兽骚扰，单是那月亮的威吓也就够了，它简直是一个妖怪，别的种种异物喜欢在月夜出现，这也只是风云之会，不过跑龙套罢了。

等到月亮渐渐的圆了起来，它的形相也渐和善了，望前后的三天光景几乎是一位富翁的脸，难怪能够得到许多人的喜悦，可是总是有一股冷气，无论如何还是去不掉的。只恐"琼楼玉宇，高处不胜寒"，东坡这句词很能写出明月的精神来，向来传说的忠爱之意究竟是否寄托在内，现在不关重要，可以姑且不谈。

总之我于赏月无甚趣味，赏雪赏雨也是一样，因为对于自然还是畏过于爱，自己不敢相信已能克服了自然，所以有些文明人的享乐是于我颇少缘分的。中秋的意义，在我个人看来，吃月饼之重要殆过于看月亮，而还账又过于吃月饼，然则我诚犹未免为乡人也。

一九四〇年九月作

苏州的回忆

1944年5月刊《艺文杂志》第2卷第5期。

　　说是回忆，仿佛是与苏州有很深的关系，至少也总住过十年以上的样子，可是事实上却并不然。民国七八年间坐火车走过苏州，共有四次，都不曾下车，所看见的只是车站内的情形而已。去年四月因事往南京，始得顺便至苏州一游，也只有两天的停留，没有走到多少地方，所以见闻很是有限。当时《江苏日报》社有郭梦鸥先生以外几位陪着我们走，在那两天的报上随时都有很好的报道，后来郭先生又有一篇文章，登在第三期的《风雨谈》上，此外实在觉得更没有什么可以纪录的了。但是，从北京远迢迢地往苏州走一趟，现在也不是容易事，其时又承本地各位先生恳切招待，别转头来走开之后，再不打一声招呼，似乎也有点对不起。现在事已隔年，印象与感想都渐就着落，虽然比较地简单化了，却也可以稍得要领，记一点出来，聊以表示对于苏州的恭敬之意，至于旅人的话，谬误难免，这是要请大家见恕的了。

我旅行过的地方很少，有些只根据书上的图像，总之我看见各地方的市街与房屋，常引起一个联想，觉得东方的世界是整个的。譬如中国、日本、朝鲜、琉球，各地方的家屋，单就照片上看也罢，便会确凿地感到这里是整个的东亚。我们再看乌鲁木齐、宁古塔、昆明各地方，又同样的感觉这里的中国也是整个的。可是在这整个之中别有其微妙的变化与推移，看起来亦是很有趣味的事。以前我从北京回绍兴去，浦口下车渡过长江，就的确觉得已经到了南边，及车抵苏州站，看见月台上车厢里的人物声色，便又仿佛已入故乡境内，虽然实在还有五六百里的距离。现在通称江浙，犹如古时所谓吴越或吴会，本来就是一家，杜荀鹤①有几首诗说得很好，其一《送人游吴》云：

> 君到姑苏见，人家尽枕河。古宫闲地少，水港小桥多。夜市卖菱藕，春船载绮罗。遥知未眠月，乡思在渔歌。

---

① 杜荀鹤，唐朝诗人，字彦之，自号九华山人，池州石埭（今安徽石台县）人，代表作品有《杜荀鹤文集》3卷，编者注。

又一首《送友游吴越》云：

去越从吴过，吴疆与越连。有园多种橘，无水不生莲。夜市桥边火，春风寺外船。此中偏重客，君去必经年。

诗固然做的好，所写事情也正确实，能写出两地相同的情景。我到苏州第一感觉的也是这一点，其实即是证实我原有的漠然的印象罢了。我们下车后，就被招待游灵岩去，先到木渎在石家饭店吃过中饭。从车站到灵岩，第二天又出城到虎丘，这都是路上风景好，比目的地还有意思，正与游兰亭的人是同一经验。我特别感觉有趣味的，乃是在木渎下了汽车，走过两条街往石家饭店去时，看见那里的小河、小船、石桥、两岸枕河的人家，觉得和绍兴一样，这是江南的寻常景色，在我江东的人看了也同样的亲近，恍如身在故乡了。又在小街上见到一爿糕店，这在家乡极是平常，但北方绝无这些糕类，好些年前曾在《卖糖》这一篇小文中附带说及，很表现出一种乡愁来，现在却忽然遇见，怎能不感到喜悦呢。只可惜匆匆走过，未及细看这柜台上蒸笼里所放着的是什么糕点，自然更不能够买了来尝了。不过就只是这样看一眼走过了，也已很是愉快，后来不久在城里几处地方，虽然不是这店里所做，好的糕饼也吃到好些，可以算是满意了。

第二天往马医科巷，据说这地名本来是蚂蚁窠巷，后来转讹，并不真是有过马医、牛医住在那里，去拜访俞曲园先生的春在堂。南方式的厅堂结构原与北方不同，我在曲园前面的堂屋里徘徊良久之后，再往南去看俞先生著书的两间小屋，那时所见这些过廊、侧门、天井种种，都恍忽是曾经见过似的，又流连了一会儿。我对同行的友人说，平伯有这样好的老屋在此，何必留滞北方，我回去应当劝他南归才对。说的虽是半玩半笑的话，我的意思却是完全诚实的，只是没有为平伯打算罢了，那所大房子就是不加修理，只说点灯，装电灯固然了不得，石油没有，植物油又太贵，都无办法，故即欲为点一盏读书灯计，亦自只好仍旧蛰居于北京之古槐书屋矣。我又去拜谒章太炎先生墓，这是在锦帆路章宅的后园里，情形如郭先生文中所记，兹不重述。章宅现由省政府宣传处明处长借住，我们进去稍坐，是一座洋式的楼房，后边讲学的地方云为外国人所占用，尚未能收回，因此我们也不能进去一看，殊属遗憾。俞、章两先生是清末民初的国学大师，却都别有一种特色，俞先生以经师而留心轻文学，为新文学运动之先河，章先生以儒家而兼治佛学，倡导革命，又承先启后，对于中国之学术与政治的改革至有影响，但是在晚年却又不约而同地定住苏州，这可以说是非偶然的偶然，我觉得这里很有意义，也很有意思。俞、章两先生是浙西人，对于吴地很有情分，也可以算是一小部分的理由，但其重要的原因还当别有所在。由我看去，南京、上海、杭州，均各有其价值与历史，唯若欲求多有文化的空气与环境者，大约无过苏州了吧。两先生的意思或者看重这一点，也未可定。现在南京有中央大学，杭州也有浙江大学了，我以为在苏州应当有一个江苏大学，顺应其环境与空气，特别向人文科学方面发展，完成两先生之弘业大愿，为东南文化确立其根基，此亦正是丧乱中之一切要事也。

在苏州的两个早晨过得很好，都有好东西吃，虽然这说的似乎有点俗，但是事实如此，而且谈起苏州，假如不讲到这一点，我想终不免是一个罅漏。若问好东西是什么，其实我是乡下粗人，只知道是糕饼点心，到口便吞，并不曾细问种种的名号。我只记得乱吃得很不少，当初《江苏日报》或是郭先生的大文里仿佛有着记录。我常这样想，一国的历史与文化传得久远了，在生活上总会留下一点痕迹，或是华丽，或是清淡，却无不是精炼的，这并不想要夸耀什么，却是自然应有的表现。我初来北京的时候，因为没有什么好点心，曾经发过牢骚，并非真是这样贪吃，实在也只为觉得它太寒伧，枉做了五百年首都，连一些细点心都做不出，未免丢人罢了。我们第一早晨在吴苑，次日在新亚，所吃的点心都很好，是我在北京所不曾见过的，后来又托朋友在采芝斋买些干点心，预备带回去给小孩辈吃，物事不必珍贵，但也很是精炼的，这尽够使我满意而且佩服，即此亦可见苏州生活文化之一斑了。

这里我特别感觉有趣味的，乃是吴苑茶社所见的情形。茶食精洁，布置简易，没有洋派气味，固已很好，而吃茶的人那么多，有的像是祖母老太太，带领家人妇子，围着方桌，悠悠的享用，看了很有意思。性急的人要说，在战时这种态度行么？我想，此刻现在，这里的人这么做是并没有什么错的。大抵中国人多受孟子思想的影响，他的态度不会得一时急变，若是因战时而面粉白糖渐渐不见了，被迫得没有点心吃，出于被动的事那是可能的。总之在苏州，至少是那时候，见了物资充裕，生活安适，由我们看惯了北方困穷的情形的人看去，实在是值得称赞与羡慕。

我在苏州感觉得不很适意的也有一件事，这便是住处。据说苏州旅馆绝不容易找，我们承公家的斡旋得能在乐乡饭店住下，已经大可感谢了，可是老实说，实在不大高明。设备如何都没有关系，就只苦于太热闹，那时我听见打牌声，幸而并不在贴夹壁，更幸而没有拉胡琴唱曲的，否则次日往虎丘去时马车也将坐不稳了。就是像沧浪亭的旧房子也好，打扫几间，让不爱热闹的人可以借住，一面也省得去占忙的房间，妨碍人家的娱乐，倒正是一举两得的事吧。

在苏州只住了两天，离开苏州已将一年了，但是有些事情还清楚的记得，现在写出来几项以为纪念，希望将来还有机缘再去，或者长住些时光，对于吴语文学的发源地更加以观察与认识也。

民国甲申三月八日

鸟声

1925年4月6日刊《语丝》21期。

古人有言，"以鸟鸣春。"现在已过了春分，正是鸟声的时节了，但我觉得不大能够听到，虽然京城的西北隅已经近于乡村。这所谓鸟当然是指那飞鸣自在的东西，不必说鸡鸣咿咿、鸭鸣呷呷的家奴，便是熟番似的鸽子之类也算不得数，因为它们都是忘记了四时八节的了。我所听见的鸟鸣只有檐头麻雀的啾啁，以及槐树上每天早来的啄木的干笑，——这似乎都不能报春，麻雀的太琐碎了，而啄木又不免多一点干枯的气味。

英国诗人那许（Nash）有一首诗，被录在所谓《名诗选》（Golden Treasury）的卷首。他说，春天来了，百花开放，姑娘们跳舞着，天气温和，好鸟都歌唱起来，他列举四样鸟声：

Cuckco, jug-jug, pee-wee, to-witta-woo!

这九行的诗实在有趣，我却总不敢译，因为怕一则译不好，二则要译错。现在只抄出一行来，看那四样是什么鸟。第一种是勃姑，书名鸤鸠，它是自呼其名的，可以无疑了。第二种是夜莺，就是那林间的"发痴的鸟"，古希腊的女诗人称之曰"春之使者，美音的夜莺"，它的名贵可想而知，只是我不知道它到底是什么东西。我们乡间的黄莺也会"翻叫"，被捕后常因想念妻子而急死，与它西方的表兄弟相同，但它要吃小鸟，而且又不发痴地唱上一夜以至于呕血。第四种虽似异怪乃是猫头鹰。第三种则不大明了，有人说是蚊母鸟，或云是田凫，但据斯密士的《鸟的生活与故事》第一章所说系小猫头鹰。倘若是真的，那么四种好鸟之中猫头鹰一家已占其二了。斯密士说这二者都是褐色猫头鹰，与别的怪声怪相的不同，他的书中虽有图像，我也认不得这是鸥是鸦还是流离之子，不过总是猫头鹰之类罢了。儿时曾听见它们的呼声，有的声如货郎的摇鼓，有的恍若连呼"掘洼"（dzhuehuoang），俗云不祥主有死丧，所以闻者多极懊恼，大约此风古已有之。查检观颏道人的《小演雅》，所录古今禽言中不见有猫头鹰的话。然而仔细回想，觉得那些叫声实在并不错，比任何风声、箫声、鸟声更为有趣，如诗人谢勒（Shelley）所说。

现在，就北京来说，这几样鸣声都没有，所有的还只是麻雀和啄木鸟。老鸹，乡间称云乌老鸦，在北京是每天可以听到的，但是一点风雅气也没有，而且是通年聒噪，不知道它是哪一季的鸟。麻雀和啄木鸟虽然唱不出好的歌来，在那琐碎和干枯之中到底还含一些春气：唉唉，听那不讨人欢喜的乌老鸦叫也已够了，且让我们欢迎这些鸣春的小鸟，倾听它们的谈笑罢。

"啾唶，啾唶！"

"嘎嘎！"

十四年四月

结缘豆

1936年10月10日刊《谈风》。

范寅[①]《越谚》卷中风俗门云：

结缘，各寺庙佛生日散钱与丐，送饼与人，名此。

敦崇《燕京岁时记》有舍缘豆一条云：

---

① 范寅，字啸风，语言学家，书法家，著有《越谚》，为周作人所推崇，周作人在其作品中曾多次提到过范寅，后文范啸风亦即此人，编者注。

四月八日，都人之好善者取青黄豆数升，宣佛号而拈之，拈毕煮熟，散之市人，谓之舍缘豆，预结来世缘也。谨按《日下旧闻考》，京师僧人念佛号者辄以豆记其数，至四月八日佛诞生之辰，煮豆微撒以盐，邀人于路请食之以为结缘，今尚沿其旧也。

刘玉书①《常谈》卷一云：

都南北多名刹，春夏之交，士女云集，寺僧之青头白面而年少者着鲜衣华屦，托朱漆盘，贮五色香花豆，蹀躞于妇女襟袖之间以献之，名曰结缘，妇女亦多嬉取者。适一僧至少妇前，奉之甚殷，妇慨然大言曰，良家妇不愿与寺僧结缘。左右皆失笑，群妇赧然缩手而退。

就上边所引的话看来，这结缘的风俗在南北都有，虽然情形略有不同。小时候在会稽家中常吃到很小的小烧饼，说是结缘分来的，范啸风所说的饼就是这个。这种小烧饼与"洞里火烧"的烧饼不同，大约直径一寸高约五分，馅用椒盐，以小皋步的为最有名，平常二文钱一个，底有两个窟窿，结缘用的只有一孔，还要小得多，恐怕还不到一文钱吧。北京用豆，再加上念佛，觉

---

① 刘玉书，又名刘青园，汉军正蓝旗人，生于乾隆三十二年，著有《常谈》一书，编者注。

得很有意思，不过二十年来不曾见过有人拿了盐煮豆沿路邀吃，也不听说浴佛日寺庙中有此种情事，或者现已废止亦未可知，至于小烧饼如何，则我因离乡里已久不能知道，据我推想或尚在分送，盖主其事者多系老太婆们，而老太婆者乃是天下之最有闲而富于保守性者也。

结缘的意义何在？大约是从佛教进来以后，中国人很看重缘，有时候还至于说得很有点神秘，几乎近于命数。如俗语云，有缘千里来相会，无缘对面不相逢，又小说中狐鬼往来，末了必云缘尽矣，乃去。敦礼臣所云预结来世缘，即是此意。其实说得浅淡一点，或更有意思，例如唐伯虎之三笑，才是很好的缘，不必于冥冥中去找红绳缚脚也。我很喜欢佛教里的两个字，曰业曰缘，觉得颇能说明人世间的许多事情，仿佛与遗传及环境相似，却更带一点儿诗意。日本无名氏诗句云：

虫呵虫呵，难道你叫着，业便会尽了么？

这业的观念太是冷而且沉重，我平常笑禅宗和尚那么超脱，却还挂念腊月二十八，觉得生死事大也不必那么操心，可是听见知了在树上喳喳地叫，不禁心里发沉，真感得这件事恐怕非是涅槃是没有救的了。缘的意思便比较的温和得多，虽不是三笑那么圆满也总是有人情的，即使如库普林①在《晚间的来客》所说，偶然在路上看见一双黑眼睛，以至梦想颠倒，究竟逃不出是春叫猫儿猫叫春的圈套，却也还好玩些。此所以人家虽怕造业而不惜作缘欤？若结缘者又买烧饼煮黄豆，逢人便邀，则更十分积极矣，我觉得很有兴趣者盖以此故也。

为什么这样的要结缘的呢？我想，这或者由于不安于孤寂的缘故吧。富贵子嗣是大众的愿望，不过这都有地方可以去求，如财神送子娘娘等处，然而此外还有一种苦痛却无法解除，即是上文所说的人生的孤寂。孔子曾说过，鸟兽不可与同群，吾非斯人之徒而谁与。人是喜群的，但他往往在人群中感到不可堪的寂寞，犹如在庙会时挤在潮水般的人丛里，特别像是一片树叶，与一切绝缘而孤立着。

念佛号的老公公、老婆婆也不会不感到，或者比平常人还要深切吧，想用什么仪式来施行祓除，列位莫笑他们这几颗豆或小烧饼，有点近似小孩们的"办人家"，实在却是圣餐的面包、葡萄酒似的一种象征，很寄存着深重的情意呢。我们的确彼此太缺少缘分，假如可能实有多结之必要，因此我对于那些好善者着实同情，而且大有加入的意思，虽然青头白面的和尚我与刘青园同样的讨厌，觉得不必与他们去结缘，而朱漆盘中的五色香花豆盖亦本来不是献给我辈者也。

----

① 库普林，俄国小说家，著有长篇小说《亚玛》，编者注。

我现在去念佛拈豆，这自然是可以不必了，姑且以小文章代之耳。我写文章，平常自己怀疑，这是为什么的：为公乎，为私乎？一时也有点说不上来。钱振锽[1]《名山小言》卷七有一节云：

文章有为我兼爱之不同。为我者只取我自家明白，虽无第二人解，亦何伤哉，老子古简，庄生诡诞，皆是也。兼爱者必使我一人之心共喻于天下，语不尽不止，孟子详明，墨子重复，是也。《论语》多弟子所记，故语意亦简，孔子诲人不倦，其语必不止此。或怪孔明文采不艳而过于丁宁周至，陈寿以为亮所与言尽众人凡士云云，要之皆文之近于兼爱者也。诗亦有之，王孟闲适，意取含蓄，乐天讽谕，不妨尽言。

这一节话说得很好，可是想拿来应用却不很容易，我自己写文章是属于哪一派的呢？说兼爱固然够不上，为我也未必然，似乎这里有点儿缠夹，而结缘的豆乃仿佛似之，岂不奇哉。写文章本来是为自己，但他同时要一个看的对手，这就不能完全与人无关系，盖写文章即是不甘寂寞，无论怎样写得难懂意识里也总期待有第二人读，不过对于他没有过大的要求，即不必要他来做

---

[1]　钱振锽，江苏常州人，光绪二十九年进士，著有《名山集》《名山诗集》等，编者注。

喽啰而已。煮豆微撒以盐而给人吃之，岂必要索厚偿，来生以百豆报我，但只愿有此微末情分，相见时好生看待，不至怅怅来去耳。

古人往矣，身后名亦复何足道，唯留存二三佳作，使今人读之欣然有同感，斯已足矣，今人之所能留赠后人者亦止此，此均是豆也。几颗豆豆，吃过忘记未为不可，能略为记得，无论转化作何形状，都是好的，我想这恐怕是文艺的一点效力，他只是结点缘罢了。我却觉得很是满足，此外不能有所希求，而且过此也就有点不大妥当，假如想以文艺为手段去达别的目的，那又是和尚之流矣，夫求女人的爱亦自有道，何为舍正路而不由，乃托一盘豆以图之，此则深为不佞所不能赞同者耳。

廿五年九月八日，在北平

水乡怀旧

住在北京很久了，对于北方风土已经习惯，不再怀念南方的故乡了，有时候只是提起来与北京比对，结果却总是相形见绌，没有一点儿夸示的意思。譬如说在冬天，民国初年在故乡住了几年，每年脚里必要生冻疮，到春天才脱一层皮，到北京后反而不生了，但是脚后跟的斑痕四十年来还是存在，夏天受蚊子的围攻，在南方最是苦事，白天想写点东西只有在蚊烟的包围中，才能勉强成功，但也说不定还要被咬上几口，北京便是夜里我也是不挂帐子的。但是在有些时候，却也要记起它的好处来的，这第一便是水。因为我的故乡是在浙东，乃是有名的水乡，唐朝杜荀鹤送人游吴的诗里说：

君到姑苏见，人家尽枕河。

古宫闲地少，水港小桥多。

他这里虽是说的姑苏，但在别一首里说："去越从吴过，吴疆与越连。"这话是不错的，所以上边的话可以移用，所谓"人家尽枕河"，实在形容得极好。北京照例有春旱，下雪以后绝不下雨，今年到了六月还没有透雨，或者要等到下秋雨了吧。在这样干巴巴的时候，虽是常有的几乎是每年的事情，便不免要想起那"水港小桥多"的地方有些事情来了。

在水乡的城里是每条街几乎都有一条河平行着，所以到处有桥，低的或者只有两三级，桥下才通行小船，高的便有六七级了。乡下没有这许多桥，可是汊港纷歧，走路就靠船只，等于北方的用车，有钱的可以专雇，工作的人自备有"出坂"船，一般普通人只好趁公共的通航船只。这有两种，其一名曰埠船，是走本县近路的，其二曰航船，走外县远路，大抵夜里开，次晨到达。埠船在城里有一定的埠头，早上进城，下午开回去，大抵水陆六七十里，一天里可以打来回的，就都称为埠船，埠船总数不知道共有多少，大抵中等的村子总有一只，虽是私人营业，其实可以算是公共交通机关。鲁迅短篇小说集《彷徨》里有一篇讲离婚的小说，说庄木三带领他的女儿往庞庄找慰老爷去，即是坐埠船去的，但是他在那里使用国语称作航船，小说又重在描画人物，关于埠船的东西没有什么描写。这是一种白篷的中型的田庄船，两旁直行镶板，并排坐人，中间可以搁放物件。船钱不过一二十文吧，看路的远近，也不一定。

乡村的住户是固定的，彼此都是老街坊，或者还是本家，上船一看乘客差不多是熟人，坐下就聊起天来，这里的空气与那远路多是生客的航船便很有点不同。航船走的多是从前的驿路，终点即是驿站，它的职业是送往迎来的事，埠船却办着本村的公用事业，多少有点给地方服务的意思，不单是营业，它不但搭客上下，传送信件，还替村里代办货物，无论是一斤麻油，一尺鞋面布，或是一斤淮蟹，只要店铺里有的，都可以替你买来，他们也不写账，回来时只凭着记忆，这是三六叔的旱烟五十六文，这是七斤嫂的布六十四文，一件都不会遗漏或是错误。它载人上城，并且还代人跑街，这是很方便的事，但是也或者有人，特别是女太太们，要嫌憎买的不很称心，那么只好且略等候，等"船店"到来的时候，自己买了。

城市里本有货郎担，挑着担子，手里摇着一种雅号"惊闺"或是"唤娇娘"的特制的小鼓，方言称之为"袋络担"，据孙德祖①的《寄龛乙志》卷四里说："货郎担越中谓之袋络担，是货什杂布帛及丝线之属，其初盖以络索担囊橐且售，故云。"后来却是用藤竹织成，叠起来很高的一种箱担了，但在水乡大约因为行走不便，所以没有，却有一种便于水行的船店出来，来弥补这

---

① 孙德祖，字彦清，浙江德清人，生于道光二十年（1840），著有《寄龛文存》等，编者注。

个缺憾。这外观与普通的埠船没有什么不同，平常一个人摇着橹，到得行近一个村庄，船里有人敲起小锣来，大家知道船店来了，一哄的出到河岸头，各自买需要的东西，大概除柴米外，别的日用品都可以买到，有洋油与洋灯罩，也有芒麻鞋面布和洋头绳，以及丝线。这是旧时代的办法，其实却很是有用的。我看见过这种船店，趁过这种埠船，还是在民国以前，时间经过了六十年，可能这些都已没有了也未可知，那么我所追怀的也只是前尘梦影了吧。不过如我上文所说，这些办法虽旧，用意却都是好的，近来在报上时常看见，有些售货员努力到山乡里去送什货，这实在即是开船店的意思，不过更是辛劳罢了。

一九六三年八月

第二章　万物有灵，草木有心

我觉得大可以不必如此，随便听听都是很有趣味的，不但是这些久成诗料的东西，一切鸣声其实都可以听。

金鱼

1930年4月17日刊《益世报》。

我觉得天下文章共有两种，一种是有题目的，一种是没有题目的。普通做文章大都先有意思，却没有一定的题目，等到意思写出了之后，再把全篇总结一下，将题目补上。这种文章里边似乎容易出些佳作，因为能够比较自由地发表，虽然后写题目是一件难事，有时竟比写本文还要难些。但也有时候，思想散乱不能集中，不知道写什么好，那么先定下一个题目，再做文章，也未始没有好处，不过这有点近于赋得，很有做出试帖诗来的危险罢了。偶然读英国密伦（A.A.Milne）的小品文集，有一处曾这样说，有时排字房来催稿，实在想不出什么东西来写，只好听天由命，翻开字典，随手抓到的就是题目。有一回抓到金鱼，结果果然有一篇《金鱼》收在集里。我想这倒是很有意思的事，也就来一下子，写一篇《金鱼》试试看，反正我也没有什么非说不可的大道理，要尽先发表，那么来做赋得的咏物诗也是无妨，虽然并没有排字房催稿的事情。

　　说到金鱼，我其实是很不喜欢金鱼的，在豢养的小动物里边，我所不喜欢的，依着不喜欢的程度，其名次是叭儿狗，金鱼，鹦鹉。鹦鹉身上穿着大红大绿，满口怪声，很有野蛮气。叭儿狗的身体固然太小，还比不上一只猫，（小学教科书上却还在说，猫比狗小，狗比猫大！）而鼻子尤其耸得难过。我平常不大喜欢耸鼻子的人，虽然那是人为的，暂时的，把鼻子耸动，并没有永久的将它缩作一堆。人的脸上固然不可没有表情，但我想只要淡淡地表示就好，譬如微微一笑，或者在眼光中露出一种感情——自然，恋爱与死等可以算是例外，无妨有较强烈的表示，但也似乎不必那样掀起鼻子，露出牙齿，仿佛是要咬人的样子。这种嘴脸只好放到影戏里去，反正与我没有关系，因为二十年来我不曾看电影。然而金鱼恰好兼有叭儿狗与鹦鹉二者的特点，它只是不用长绳子牵了在贵夫人的裙边跑，所以减等发落，不然这第一名恐怕准定是它了。

　　我每见金鱼一团肥红的身体，突出两只眼睛，转动不灵地在水中游泳，总会联想到中国的新嫁娘，身穿红布袄裤，扎着裤腿，拐着一对小脚伶俜地走路。我知道自己有一种毛病，最怕看真的，或是类似的小脚。十年前曾写过一篇小文曰《天足》，起头第一句云："我最喜欢看见女人的天足。"曾蒙友人某君所赏识，因为他也是反对"务必脚小"的人。我倒并不是怕做野蛮，现在的世界正如美国洛威教授的一本书名，谁都有"我们是文明么"的疑问，何况我们这道统国，剐呀割呀都是常事，无论个人怎么努力，这个野蛮的头衔休想去掉，实在凡是稍有自知之明，不是夸大狂的人，恐怕也就不大有想去掉的这种野心与妄想。小脚女人所引起的另一种感想乃是残废，这是极不愉快的事，正如驼背或脖子上挂着一个大瘤，假如这是天然的，我们不能说是嫌恶，但总之至少不喜欢看总是确实的了。有谁会赏鉴驼背或大瘤呢？金鱼突出眼睛，便是这一类的现象。另外有叫做绯鲤的，大约是它的表兄弟罢，一样的穿着大红棉袄，只是不开衩，眼睛也是平平地装在脑袋瓜儿里边，并不比平常的鱼更为鼓出，因此可见金鱼的眼睛是一种残疾，无论碰在水草上时容易戳瞎乌珠，就是平常也一定近视的了不得，要吃馒头末屑也不大方便罢。照中国人喜欢小脚的常例推去，金鱼之爱可以说宜乎众矣，但在不佞实在是两者都不敢爱，我所爱的还只是平常的鱼而已。

想象有一个大池，——池非大不可，须有活水，池底有种种水草才行，如从前碧云寺的那个石池，虽然老实说起来，人造的死海似的水洼都没有多大意思，就是三海也是俗气、寒伧气，无论这是哪一个大皇帝所造，因为皇帝压根儿就非俗恶粗暴不可，假如他有点儿懂得风趣，那就得亡国完事，至于那些俗恶的朋友也会亡国，那是另一回事。如今话又说回来，一个大池，里边如养着鱼，那最好是天空或水的颜色的，如鲫鱼，其次是鲤鱼。我这样的分等级，好像是以肉的味道为标准，其实不然。我想水里游泳着的鱼应当是暗黑色的才好，身体又不可太大，人家从水上看下去，窥探好久，才看见隐隐的一条在那里，有时或者简直就在你的鼻子前面，等一忽儿却又不见了，这比一件红冬冬的东西渐渐地近摆来，好像望那西湖里的广告船（据说是点着红灯笼，打着鼓），随后又渐渐地远开去，更为有趣得多。鲫鱼便具备这种资格，鲤鱼未免个儿太大一点，但它是要跳龙门去的，这又难怪它。此外有些白鲦，细长银白的身体，游来游去，仿佛是东南海边的泥鳅龙船，有时候不知为什么事出了惊，拨剌地翻身即逝，银光照眼，也能增加水界的活气。在这样地方，无论是金鱼，就是平眼的绯鲤，也是不适宜的。红祆裤的新嫁娘，如其脚是小的，那只好就请她在炕上爬或坐着，即使不然，也还是坐在房中，在油漆气芸香或花露水气中，比较地可以得到一种调和。所以金鱼的去处还是富贵人家的绣房，浸在五彩的瓷缸中，或是玻璃的圆球里，去和叭儿狗与鹦鹉做伴侣罢了。

几个月没有写文章，天下的形势似乎已经大变了，有志要做新文学的人，非多讲某一套话不容易出色。我本来不是文人，这些时势的变迁，好歹于我无干，但以旁观者的地位看去，我倒是觉得可以赞成的。为什么呢？文学上永久有两种潮流，言志与载道。二者之中，则载道易而言志难。我写这篇赋得金鱼，原是有题目的文章，与帖括有点相近，盖已少言志而多载道欤。我虽未敢自附于新文学之末，但自己觉得颇有时新的意味，故附记于此，以志作风之转变云耳。

十九年三月十日

两株树

1931年3月10日刊《青年界》创刊号。

我对于植物比动物还要喜欢，原因是因为我懒，不高兴为了区区视听之娱一日三餐地去饲养照顾，而且我也有点相信"鸟身自为主"的迂论，觉得把它们活物拿来做囚徒、当奚奴，不是什么愉快的事，若是草木便没有这些麻烦，让它们直站在那里便好，不但并不感到不自由，并且还真是生了根地不肯再动一动哩。但是要看树木花草也不必一定种在自己的家里，关起门来独赏，让它们在野外路旁，或是在人家粉墙之内也并不妨，只要我偶然经过时能够看见两三眼，也就觉得欣然，很是满足的了。

树木里边我所喜欢的第一种是白杨。小时候读《古诗十九首》，读过"白杨何萧萧，松柏夹广路"之句，但在南方终未见过白杨，后来在北京才初次看见。谢在杭著《五杂组》中云：

古人墓树多植梧楸，南人多种松柏，北人多种白杨。白杨即青杨也，其树皮白如梧桐，叶似冬青，微风击之辄渐沥有声，故古诗云，白杨多悲风，萧萧愁杀人。予一日宿邹县驿馆中，甫就枕即闻雨声，竟夕不绝，侍儿曰，雨矣。予讶之曰，岂有竟夜雨而无檐溜者？至明视之，乃青杨树也。南方绝无此树。

《本草纲目》卷三五下引陈藏器曰："白杨北土极多，人种墟墓间，树大皮白，其无风自动者乃杨栌，非白杨也。"又寇宗奭云："风才至，叶如大雨声，谓无风自动则无此事，但风微时其叶孤极处则往往独摇，以其蒂长叶重大，势使然也。"王象晋《群芳谱》则云杨有二种，一白杨，一青杨，白杨蒂长两两相对，遇风则簌簌有声，人多植之坟墓间，由此可知白杨与青杨本自有别，但"无风自动"一节却是相同。在史书中关于白杨有这样的两件故事：

《南史·萧惠开传》："惠开为少府，不得志，寺内斋前花草甚美，悉铲除，别种白杨。"

《唐书·契苾何力传》："龙翔中司稼少卿梁脩仁新作大明宫，植白杨于庭，示何力曰，此木易成，不数年可庇。何力不答，但诵白杨多悲风，萧萧愁杀人之句，脩仁惊悟，更植以桐。"

这样看来，似乎大家对于白杨都没有什么好感。为什么呢？这个理由我不大说得清楚，或者因为它老是簌簌的动的缘故罢。听说苏格兰地方有一种传说，耶稣受难时所用的十字架是用白杨木做的，所以白杨自此以后就永远在发抖，大约是知道自己的罪孽深重。但是做钉的铁却似乎不曾因此有什么罪，黑铁这件东西在法术上还总有点位置的，不知何以这样的有幸有不幸。（但吾乡结婚时忌见铁，凡门窗上铰链等悉用红纸糊盖，又似别有缘故。）我承认白杨种在墟墓间的确很好看，然而种在斋前又何尝不好，它那瑟瑟的响声第一有意思。我在前面的院子里种了一棵，每逢夏秋有客来斋夜话的时候，忽闻渐沥声，多疑是雨下，推户出视，这是别种树所没有的佳处。梁少卿怕白杨的萧萧改植梧桐，其实梧桐也何尝一定吉祥，假如要讲迷信的话，吾乡有一句俗谚云，"梧桐大如斗，主人搬家走"，所以就是别庄花园里也很少种梧桐的，这实在是一件很可惜的事，梧桐的枝干和叶子真好看，且不提那一叶落知天下秋的兴趣了。在我们的后院里却有一棵，不知已经有若干年了，我至今看了它十多年，树干还远不到五合的粗，看它大有黄杨木的神气，虽不厄闰也总长得十分缓慢呢。——因此我想到避忌梧桐大约只是南方的事，在北方或者并没有这句俗谚，在这里梧桐想要如斗大恐怕不是容易的事罢。

第二种树乃是乌桕，这正与白杨相反，似乎只生长于东南，北方很少见。陆龟蒙诗云："行歇每依鸦舅影。"陆游诗云：

"乌桕赤于枫，园林二月中。"又云："乌桕新添落叶红。"都是江浙乡村的景象。《齐民要术》卷十列"五谷果蓏菜茹非中国物产者"，下注云："聊以存其名目，记其怪异耳，爰及山泽草木任食非人力所种者，悉附于此。"其中有"乌臼"一项，引《玄中记》云："荆扬有乌臼，其实如鸡头，迮之如胡麻子，其汁味如猪脂。"《群芳谱》言："江浙之人，凡高山大道溪边宅畔无不种。"此外则江西安徽盖亦多有之。关于它的名字，李时珍说："乌喜食其子，因以名之。……或曰，其木老则根下黑烂成臼，故得此名。"我想这或曰恐太迂曲，此树又名鸦舅，或者与乌不无关系，乡间冬天卖野味有桕子鸟（读如呆鸟字），是道墟地方名物，此物殆是乌类乎，但是其味颇佳，平常所谓鸟肉几乎便指此鸟也。

柏树的特色第一在叶，第二在实。放翁生长稽山镜水间，所以诗中常常说及桕叶，便是那唐朝的张继寒山寺诗所云"江枫渔火对愁眠"，也是在说这种红叶。王端履著《重论文斋笔录》卷九论及此诗，注云："江南临水多植乌桕，秋叶饱霜，鲜红可爱，诗人类指为枫，不知枫生山中，性最恶湿，不能种之江畔也。此诗江枫二字亦未免误认耳。"范寅在《越谚》卷中柏树项下说："十月叶丹，即枫，其子可榨油，农皆植田边。"就把两者误合为一。罗逸长《青山记》云："山之麓朱村，盖考亭之祖居也，自此倚石啸歌，松风上下，遥望木叶着霜如渥丹，始见怪以为红花，久之知为乌柏树也。"《篷窗续录》云："陆子渊《豫章录》言，饶信间柏树冬初叶落，结子放蜡，每颗作十字裂，一丛有数颗，望之若梅花初绽，枝柯诘曲，多在野水乱石间，远近成林，真可作画。此与柿树俱称美荫，园圃植之最宜。"这两节很能写出柏树之美，它的特色仿佛可以说是中国画的，不过此种景色自从我离了水乡的故国已经有三十年不曾看见了。

柏树籽有极大的用处，可以榨油制烛。《越谚》卷中蜡烛条下注曰："卷芯草干，熬柏油拖蘸成烛，加蜡为皮，盖紫草汁则红。"汪曰桢著《湖雅》卷八中说得更是详细：

中置烛心，外裹乌柏子油，又以紫草染蜡盖之，曰柏油烛。用棉花子油者曰青油烛，用牛羊油者曰荤油烛。湖俗祀神祭先必燃两炬，皆用红柏烛。婚嫁用之曰喜烛，缀蜡花者曰花烛，祝寿所用曰寿烛，丧家则用绿烛或白烛，亦柏烛也。

日本寺岛安良编《和汉三才图会》五八引《本草纲目》语云："烛有蜜蜡烛虫蜡烛牛脂烛柏油烛。"后加案语曰：

案唐式云少府监每年供蜡烛七十挺，则元以前既有之矣。有数品，而多用木蜡牛脂蜡也。有油桐子蚕豆苍耳子等为蜡者，火易灭。有鲸鲲油为蜡者，其焰甚臭，牛脂蜡亦臭。近年制精，去其臭气，故多以牛蜡伪为木蜡，神佛灯明不可不辨。

但是近年来蜡烛恐怕已是倒了运，有洋人替我们造了电灯，其次也有洋蜡洋油，除了拿到妙峰山上去之外大约没有它的什么用处了。就是要用蜡烛，反正牛羊脂也凑合可以用得，神佛未必会得见怪，——日本真宗的和尚不是都要娶妻吃肉了么？那么柏油并不再需要，田边水畔的红叶白实不久也将绝迹了罢。这于国民生活上本来没有什么关系，不过在我想起来的时候总还有点怀念，小时候喜读《南方草木状》《岭表录异》和《北户录》等书，这种脾气至今还是存留着，秋天买了一部大板的《本草纲目》，很为我的朋友所笑，其实也只是为了这个缘故罢了。

十九年十二月二十五日，于北平煅药庐

苋菜梗

近日从乡人处分得腌苋菜梗来吃，对于苋菜仿佛有一种旧雨之感。苋菜在南方是平民生活上几乎没有一天缺的东西，北方却似乎少有，虽然在北平近来也可以吃到嫩苋菜了。查《齐民要术》中便没有讲到，只在卷十列有人苋一条，引《尔雅》郭注，但这一卷所讲都是"五谷果瓜菜茹非中国物产者"，而《南史》中则常有此物出现，如《王智深传》云，"智深家贫无人事，尝饿五日不得食，掘苋根食之。"又《蔡樽附传》云，"樽在吴兴不饮郡斋井，斋前自种白苋紫茄以为常饵，诏褒其清。"都是很好的例。

苋菜据《本草纲目》说共有五种，马齿苋在外。苏颂曰：

人苋白苋俱大寒，其实一也，但大者为白苋，小者为人苋耳，其子霜后方熟，细而色黑。紫苋叶通紫，吴人用染爪者，诸苋中唯此无毒不寒。赤苋亦谓之花苋，茎叶深赤，根茎亦可糟藏，食之甚美味辛。五色苋今亦稀有，细苋俗谓之野苋，猪好食之，又名猪苋。

李时珍曰："苋并三月撒种，六月以后不堪食，老则抽茎如人长，开细花成穗，穗中细子扁而光黑，与青箱子鸡冠子无别，九月收之。"《尔雅·释草》："蒉赤苋"，郭注云："今之苋赤茎者。"郝懿行疏乃云："今验赤苋茎叶纯紫，浓如燕支，根浅赤色，人家或种以饰园庭，不堪啖也。"照我们经验来说，嫩的紫苋固然可以渝食，但是"糟藏"的却都用白苋，这原只是一乡的习俗，不过别处的我不知道，所以不能拿来比较了。

说到苋菜同时就不能不想到甲鱼。《学圃余疏》云："苋有红白二种，素食者便之，肉食者忌与鳖共食。"《本草纲目》引张鼎曰："不可与鳖同食，生鳖瘕，又取鳖肉如豆大，以苋菜封裹置土坑内，以上盖之，一宿尽变成小鳖也。"其下接联地引汪机曰："此话屡试不验。"《群芳谱》采张氏的话稍加删改，而未云"即变小鳖"之后却接写一句"试之屡验"，与原文比较来看未免有点滑稽。这种神异的物类感应，读了的人大抵觉得很是好奇，除了雀入大水为蛤之类无可着手外，总想怎么来试他一试，苋菜鳖肉反正都是易得的材料，一经实验便自分出真假，虽然也有越试越胡涂的，如《酉阳杂俎》所记，"蝉未脱时名复育，秀才韦翱庄在杜曲，常冬中掘树根，见复育附于朽处，怪之，村人言蝉固朽木所化也，翱因剖一视之，腹中犹实烂木。"这正如剖鸡胃中皆米粒，遂说鸡是白米所化也。苋菜与甲鱼同吃，在三十年前曾和一位族叔试过，现在族叔已将七十了，听说还健在，我也不曾肚痛，那么鳖瘕之说或者也可以归入不验之列了罢。

苋菜梗的制法须俟其"抽茎如人长"，肌肉充实的时候，去叶取梗，切作寸许长短，用盐腌藏瓦坛中；候发酵即成，生熟皆可食。平民几乎家家皆制，每食必备，与干菜腌菜及螺蛳、霉豆腐、千张等为日用的副食物，苋菜梗卤中又可浸豆腐干，卤可蒸豆腐，味与"溜豆腐"相似，稍带桔涩，别有一种山野之趣。读外乡人游越的文章，大抵众口一词地讥笑上人之臭食，其实这是不足怪的，绍兴中等以下的人家大都能安贫贱，敝衣恶食，终岁勤劳，其所食者除米而外唯菜与盐，盖亦自然之势耳。干脆者有干菜，湿腌者以槐菜及苋菜梗为大宗，一年间的"下饭"差不多都在这里，《诗》云："我有旨蓄，可以御冬。"是之谓也，至于存且日久，干脆者别无问题，湿腌则难免气味变化，顾气味有变而亦别具风味，此亦是事实，原无须引西洋干酪为例者也。

《邵氏闻见录》云："汪信民常言，人常咬得菜根则百事可做，胡康侯闻之击节叹赏。"俗语亦云："布衣暖，菜根香，读书滋味长。"明洪应明遂作《菜根谈》以骈语述格言，《醉古堂剑扫》与《娑罗馆清言》亦均如此，可见此体之流行一时了。

咬得菜根，吾乡的平民足以当之，所谓菜根者当然包括白菜、芥菜头、萝卜、芋艿之类，而苋菜梗亦附其下，至于苋根虽然救了王智深的一命，实在却无可吃，因为在只是梗的末端罢了，或者这里就是梗的别称也未可知。咬了菜根是否百事可做，我不能确说，但是我觉得这是颇有意义的，第一可以食贫，第二可以习苦，而实在却也有清淡的滋味，并没有蘖这样难吃，胆这样难尝。这个年头儿人们似乎应该学得略略吃得起苦才好。中国的青年有些太娇养了，大抵连冷东西都不会吃，水果冰激淋除外，我真替他们忧虑，将来如何上得前敌，至于那粉泽不去手，和穿红里子的夹袍的更不必说了。其实我也并不激烈地想禁止跳舞或抽白面，我知道在乱世的生活中耽溺亦是其一，不满于现世社会制度而无从反抗，往往沉浸于醇酒妇人以解忧闷，与中山饿夫殊途而同归，后之人略迹原心，也不敢加以菲薄，不过这也只是近于豪杰之徒才可以，决不是我们凡人所得以援引的而已。——喔，似乎离本题太远了，还是就此打住，有话改天换了题目再谈罢。

二十年十月二十六日，于北平

爱竹

1957年7月23日刊《新民晚报刊》。

　　我对于植物的竹有一种偏爱，因此对于竹器有特别的爱好。首先是竹榻，夏天凉飕飕的顶好睡，尤其赤着膊，唯一的缺点是竹条的细缝会挟住了背上的"寒毛"，比蚊子咬还要痛。有一种竹汗衫，说起来有点相像，用长短粗细一定竹枝，穿成短衫，衬在衣服内，有隔汗的功用，也是很好的，也就是有夹肉的毛病。此外竹的用处，如笔，手杖，筷子，晾竿，种种编成的筐子，盒子，簟席，椅凳，说不尽的各式器具。竹的服装比较的少，除汗衫外，只有竹笠。我又从竹工专家的章福庆（"闰土"的父亲）那里看见过"竹履"，这是他个人的发明，用半截毛竹钉在鞋底上，在下雨天穿了，同钉鞋一样走路。不见有第二个人穿过，但他的崭新的创意，这里总值得加以记录的。

这时首先令人记忆起的，是宋人的一篇《黄冈竹楼记》。这是专讲用竹子构造的房子，我因小时候的影响，所以很感得一种向往，不敢想得到这么一所房子来住，对于多竹的地方总是觉得很可爱好的。用竹来建筑，竹劈开一半，用作"水溜"，大概是顶好的，此外多少有些缺点，这便是竹的特点，它爱裂开，有很好的竹子本可做柱，因此就有了问题了。细的竹竿晒晾衣服，又总有裂缝，除非是长久泡在水里的"水竹管"，这才不会得开裂。假如有了一间好好的竹房，却到处都是裂缝，也是十分扫兴的事，因此推想起来，这在事实上大抵是不可能的了。

不得已而思其次，是在有竹的背景里，找这么一个住房，便永远与竹为邻。竹的好处我曾经说过，因为它好看，而且有用。树木好看的，特别是我主观的选定的也并不少，有如杨柳、梧桐、棕榈等皆是，只是用处较差，柳与桐等木材与棕皮都是有用的东西，可是比起竹来，还相形见绌，它们不能吃，就是没有竹笋。爱竹的缘故说了一大篇，似乎是很"雅"，结果终于露出了马脚，归根结底是很俗的，为的爱吃笋。说起竹谁都喜爱，似乎这代表"南方"，黄河以南的人提到竹，差不多都感到一种"乡愁"，但这严格的说来，也是很俗的乡愁罢了。将来即使不能到处种竹，竹器和竹笋能利用交通工具，迅速运到，那末这种乡愁已就不难消灭了。

水里的东西

1930年5月12日刊《骆驼草》1期。

我是在水乡生长的，所以对于水未免有点情分。学者们说，人类曾经做过水族，小儿喜欢弄水，便是这个缘故。我的原因大约没有这样远，恐怕这只是一种习惯罢了。

水，有什么可爱呢？这件事是说来话长，而且我也有点儿说不上来。我现在所想说的单是水里的东西。水里有鱼虾，螺蚌，茭白，菱角，都是值得记忆的，只是没有这些工夫来一一纪录下来，经了好几天的考虑，决心将动植物暂且除外。那么，是不是想来谈水底里的矿物类么？不，决不。我所想说的，连我自己也不明白它是哪一类，也不知道它究竟是死的还是活的，它是这么一种奇怪的东西。

我们乡间称它作Chosychiu，写出字来就是"河水鬼"。它是溺死的人的鬼魂。既然是五伤之一，——五伤大约是水、火、刀、绳、毒罢，但我记得又有虎伤似乎在内，有点弄不清楚了，总之水死是其一，这是无可疑的，所以它照例应"讨替代"。听说吊死鬼时常骗人从圆窗伸出头去，看外面的美景（还是美人？），倘若这人该死，头一伸时可就上了当，再也缩不回来了。河水鬼的法门也就差不多是这一类，它每幻化为种种物件，浮在岸边，人如伸手想去捞取，便会被拉下去，虽然看来似乎是他自己钻下去的。假如吊死鬼是以色迷，那么河水鬼可以说是以利诱了。它平常喜欢变什么东西，我没有打听清楚，我所记得的只是说变"花棒槌"，这是一种玩具，我在儿时听见所以特别留意，至于所以变这玩具的用意，或者是专以引诱小儿亦未可知。但有时候它也用武力，往往有乡人游泳，忽然沉了下去，这些人都是像蛤蟆一样地"识水"的，论理决不会失足，所以这显然是河水鬼的勾当，只有外道才相信是由于什么脚筋拘挛或心脏麻痹之故。

照例，死于非命的应该超度，大约总是念经拜忏之类，最好自然是"翻九楼"，不过翻的人如不高妙，从七七四十九张桌子上跌了下来的时候，那便别样地死于非命，又非另行超度不可了。翻九楼或拜忏之后，鬼魂理应已经得度，不必再讨替代了，但为防万一危险计，在出事地点再立一石幢，上面刻"南无阿弥陀佛"六字，或者也有刻别的句的罢，我却记不起来了。在乡下走路，突然遇见这样的石幢，不是一件很愉快的事，特别是在傍晚，独自走到渡头，正要下四方的渡船亲自拉船索渡过去的时候。

话虽如此，此时也只是毛骨略略有点悚然，对于河水鬼却压根儿没有什么怕，而且还简直有点儿可以说是亲近之感。水乡的住民对于别的死或者一样地怕，但是淹死似乎是例外，实在怕也怕不得许多，俗语云，瓦罐不离井上破，将军难免阵前亡，如住水乡而怕水，那么只好搬到山上去，虽然那里又有别的东西等着——老虎、马熊。我在大风暴中渡过几口大树港，坐在二尺宽的小船内，在白鹅似的浪上乱滚，转眼就可以沉到底去，可是像烈士那样从容地坐着，实在觉得比大元帅时代在北京还要不感到恐怖。还有一层，河水鬼的样子也很有点爱娇。普通的鬼保存它死时的形状，譬如虎伤鬼之一定大声喊阿晴，被杀者之必用一只手提了它自己的六斤四两的头之类，唯独河水鬼则不然，无论老的，小的，村的，俊的，一掉到水里去就都变成一个样子，据说是身体矮小，很像是一个小孩子，平常三二成群，在岸上柳树下"顿铜钱"，正如街头的野孩子一样，一被惊动便跳下水去，有如一群青蛙，只有这个不同，青蛙跳时"不东"的有水响，有波纹，它们没有。为什么老年的河水鬼也喜欢摊钱之戏呢？这个，乡下懂事的老辈没有说明给我听过，我也没有本领自己去找到说明。

我在这里便联想到了在日本的它的同类。在那边称作"河童"，读如cappa，说是kawawappa之略，意思即是川童二字，仿佛芥川龙之介有过这样名字的一部小说，中国有人译为"河伯"，似乎不大妥帖。这与河水鬼有一个极大的不同，因为河童是一种生物，近于人鱼或海和尚。它与河水鬼相同要拉人下水，但也喜欢拉马，喜欢和人角力。它的形状大概如猿猴，色青黑，手足如鸭掌，头顶下凹如碟子，碟中有水时其力无敌，水涸则软弱无力，顶际有毛发一圈，状如前刘海，日本儿童有蓄此种发者至今称作河童发云。柳田国男在《山岛民谭集》（1914）中有一篇"河童驹引"的研究，冈田建文的《动物界灵异志》（1927）第三章也是讲河童的，他相信河童是实有的动物，引《幽明录》云，"水蝹一名蝹童，一名水精，裸形人身，长三五升，大小不一，眼耳鼻舌唇皆具，头上戴一盆，受水三五尺，只得水勇猛，失水则无勇力。"以为就是日本的河童。关于这个问题我们无从考证，但想到河水鬼特别不像别的鬼的形状，却一律地状如小儿，仿佛也另有意义，即使与日本河童的迷信没有什么关系，或者也有水中怪物的分子混在里边，未必纯粹是关于鬼的迷信了罢。

十八世纪的人写文章，末后常加上一个尾巴，说明寓意，现在觉得也有这个必要，所以添写几句在这里。人家要怀疑，即使如何有闲，何至于谈到河水鬼去呢？是的，河水鬼大可不谈，但是河水鬼的信仰以及有这信仰的人却是值得注意的。我们平常只会梦想，所见的或是天堂，或是地狱，但总不大愿意来望一望这凡俗的人世，看这上边有些什么人，是怎么想。社会人类学与民俗学是这一角落的明灯，不过在中国自然还不发达，也还不知道将来会不会发达。我愿意使河水鬼来做个先锋，引起大家对于这方面的调查与研究之兴趣。我想恐怕喜欢顿铜钱的小鬼没有这样力量，我自己又不能做研究考证的文章，便写了这样一篇闲话，要想去抛砖引玉实在有点惭愧。但总之关于这方面是"伫候明教"。

十九年五月

小孩的花草

敦崇著《燕京岁时记》云，"每至十月，市肆之间则有赤包儿斗姑娘等物，赤包儿蔓生，形如甜瓜而小，至初冬乃红，柔软可玩。斗娘娘形如小前，赤如珊瑚，圆润光滑，小儿女多爱之，故曰斗姑娘。"

案赤包儿即桔楼，结实形如冬瓜，长约寸许，初青后转红赤，小儿采为玩具。斗姑娘今通称为豆腐粘，在书上则名曰酸浆，《尔雅》云寒浆，郭注今酸浆草，邢疏引草陶注云，处处人家多有，子作房，房中有子如梅李大，皆黄赤色。但是鲍山[1]的《野菜博录》说的最为明白，云姑娘菜一名红灯笼儿，一名挂金

---

[1] 鲍山，字元则，号在斋，别号香林主人，明末徽州婺源县人，著有《野菜博录》等，编者注。

灯，苗高尺余，叶似天茄儿叶窄小，开白红，结房如囊，似野西瓜，子如撮口布袋，如樱桃大，赤黄色，味酸可食。总结起来，因为味酸，浆如豆汁，故名酸浆，名豆腐粘，房如灯笼，故名红灯笼儿，名挂金灯，又一名鬼灯，为女儿所喜爱，故名斗姑娘，名姑娘菜。

这两种草中国大概到处都有，不知道为什么别处都不注意，只有北京的小孩拿来玩耍，而且摊上还有售卖的，叫儿童多与植物接近本是好事，只可惜流行得不普遍。小时候在南方吃过杜鹃花瓣和咸酸草菜，在北方却也少见。《野菜博录》中另有酸浆草一条，云本草醉浆草，一名鸠酸草，生田野及道旁，叶如初生小水萍，每茎丛生三叶，开黄花，结黑子，采嫩苗叶生食味酸。此草高只二三寸，常自生花盆中，结实如豆荚，长才二分，看了很好玩，至今还是记得。

一九五〇年二月作，选自《知堂集外文·亦报随笔》

园里的植物①

　　园里的植物，据《朝花夕拾》上所说，是皂荚树，桑椹，菜花，何首乌和木莲藤，覆盆子。皂荚树上文已说及，桑椹本是很普通的东西，但百草园里却是没有，这出于大园之北小园之东的鬼园里，那里种的全是桑树，枝叶都露出在泥墙上面。传说在那地方埋葬着好些死于太平军的尸首，所以称为鬼园，大家都觉得有点害怕。木莲藤缠绕上树，长得很高，结的莲房似的果实，可以用井水揉搓，做成凉粉一类的东西，叫做木莲豆腐，不过容易坏肚，所以不大有人敢吃。何首乌和覆盆子都生在"泥墙根"，特别是大小园交界这一带，这里的泥墙本来是

---

　　①　本文为周作人以周遐寿的笔名出版的《鲁迅的故乡》中的一节。这里所说的"园"即"百草园"，编者注。

可有可无的，弄坏了也没有什么关系。据医书上说，有一个姓何的老人，因为常吃这一种块根，头发不白而黑，因此就称为何首乌，当初不一定要像人形的，《野菜博录》中说它可以救荒，以竹刀切作片，米泔浸经宿，换水煮去苦味，大抵也只当土豆吃罢了。覆盆子的形状，像小珊瑚珠攒成的小球，这句话形容得真像，它同洋莓那么整块的不同，长在绿叶白花中间，的确是又中吃又中看，俗名"各公各婆"，不晓得什么意思，字应当怎么写的。儿歌里有一首，头一句是"节节梅官拓"，这也是两种野果，只仿佛记得官拓像是枣子的小颗，节节梅是不是覆盆子呢，因为各公各婆亦名各各梅，可能就是同一样东西吧。

在野草中间去寻好吃的东西，还有一种野芒麻可以举出来，它虽是麻类而纤维柔脆，所以没有用处，但开着白花，里面有一点蜜水，小孩们常去和黄蜂抢了吃。它的繁殖力很强，客室小园关闭几时，便茂生满院，但在北方却未曾看见。小孩所喜欢的野草此外还有蛐蛐草，在斗蟋蟀时有用，黄狗尾巴是象形的，茎苢见于《国风》，医书上叫作车前，但儿童另有自己的名字，叫它作官司草，拿它的茎对折互拉，比赛输赢，有如打官司云。蒲公

第二章 万物有灵，草木有心

065

英很常见，那轻气球似的白花很引人注目，却终于不知道它的俗名，蒲公英与白鼓钉等似乎都只是音译，要附会的说，白鼓钉比蒲公英还可以说是有点意义吧。

一九五一年七月作，选自《鲁迅的故家》

秋虫的鸣声

虫类的嘴是不会发声的，但是我们平常总说它是在叫，古来有以虫鸣秋这句话，这些虫就称之为秋虫。小时候在乡下知道得最多，绩绽婆婆官名络纬，蛐蛐在《诗经》上称蟋蟀，或称促织，此外有油唧吟、叫咕咕、蛐蛐儿、金铃子、油蛉和竹蛉，都是相当的会叫的，但是在北京却不大听见，现在夜中人静的时候，在窗外低吟的也只是蛩蛩一种罢了。

因了秋虫的鸣声引起来的感想，第一就是秋天来了，仿佛是一种警告。蟋蟀虽是斗虫，可是它独自深夜微吟时实在很有点悲哀，所以对于听的人多发生类似的感觉，乡下的小孩们解释它的歌词是"浆浆洗洗，纽绊依依"，依字读去声，意思是说装上去，这与促织的意味相合，不过不是织布做新衣，只是修补旧衣预备御寒罢了。陆元恪①在《毛诗草木虫鱼疏》中有促织鸣懒妇惊之谚，可见此种传说在三国吴时早已有了，大抵在民歌儿歌中警游情的意思很是常见，要讲句旧话，可以说是正与《国风》相通的吧。乡下有关于蝉鸣的儿歌云：知了喳喳叫，石板两头翘，懒惰女客困旰觉。这里说的是三伏天气，石板都晒得"乔"（微弯）了，但是在城乡里，除懒惰的男女客以外，没有人睡午觉的，这歌即以为刺，至于单举出女客来，那或者由于作者或加工者是男性的缘故吧。

　　　　　　一九五一年九月作，选自《知堂集外文·亦报随笔》

---

　　① 陆元恪，即陆玑，三国吴学者，字元恪，吴郡（治今苏州）人，著有《毛诗草木鸟兽虫鱼疏》二卷，编者注。

冬天的麻雀

　　我们住房的前面是一个院子，窗外东边是一株半枯的丁香和一丛黄刺梅，西边稍远是一棵槐树，虽在初春还是光光的树枝，同冬天一个样子，显得很是寂寞。院子里养着两只鸡，原是一公一母，可是母的是油鸡，公的却是来杭鸡，因为当初本有十几只小鸡，内有来杭鸡与油鸡两种，经野猫与家猫的侵略，逐渐减少，等到把家猫送了人，野猫赶走了的时候，剩下来的小鸡也就只有这两只了。它们宿在院子西北隅的一个柳条篓内，白天在阶下啄食，每到相当时候如不撒点红高粱之类，公鸡便会飞上窗沿来，看里边的人为什么那么怠惰。还有一群揩油的麻雀，常停在黄刺梅丛中等候，这时也有一两只飞近门来，碰着玻璃发出声响。公鸡平常见了猫和小孩子要追了去啄或是脚踢，对于麻雀却并不排斥，让他们一同吃着，有人开门出去，麻雀才成阵地逃去，但仍旧坐在黄刺梅枝上，看人也颇信任似的，大概谅解主人们是无机心的吧。那些麻雀似乎相当肥胖，想必每天要分去好些鸡的口粮，乡下有俗语云："只要年成熟，麻雀吃得几颗谷。"虽是旧思想，也说得不无理由。麻雀吃了些食料，既不会生蛋，我们也不想吃他的肉，自然是白吃算了，可是他们平时分别在檐前树上或飞或坐，任意鸣叫，唧唧足足的，虽然不成腔调，却也好听，特别是在这时候，仿佛觉得春天已经来了，比笼养着名贵的鸣禽听了更有意思。

我前年在上海居于横浜河畔，自冬往夏有半年多，却不曾见到几只麻雀，即此一端，我也觉得北京要比上海为好了。

一九五〇年三月十三日发表

苍蝇

1924年7月13日刊《晨报副镌》。

苍蝇不是一件很可爱的东西，但我们在做小孩子的时候都有点喜欢他。我同兄弟常在夏天乘大人们午睡，在院子里弃着香瓜皮瓤的地方捉苍蝇。苍蝇共有三种，饭苍蝇太小，麻苍蝇有蛆太脏，只有金苍蝇可用。金苍蝇即青蝇，小儿谜中所谓"头戴红缨帽，身穿紫罗袍"者是也。我们把它捉来，摘一片月季花的叶，用月季的刺钉在背上，便见绿叶在桌上蠕蠕而动。东安市场有卖纸制各色小虫者，标题云"苍蝇玩物"，即是同一的用意。我们又把它的背竖穿在细竹丝上，取灯心草一小段，放在脚的中间，它便上下颠倒的舞弄，名曰"戏棍"；又或用白纸条缠在肠上纵使飞去，但见空中一片片的白纸乱飞，很是好看。倘若捉到一个年富力强的苍蝇，用快剪将头切下，它的身子便仍旧飞去。希腊路吉亚诺思（Luklanos）的《苍蝇颂》中说："苍蝇在被切去了头之后，也能生活好些时光。"大约二千年前的小孩已经是这样的玩耍的了。

我们现在受了科学的洗礼，知道苍蝇能够传染病菌，因此对于他们很有一种恶感。三年前卧病在医院时曾作有一首诗，后半云：

大小一切的苍蝇们，

美和生命的破坏者，

中国人的好朋友的苍蝇们呵，

我诅咒你的全灭，

用了人力以外的

最黑最黑的魔术的力。

但是实际上最可恶的还是它的别一种坏癖气，便是喜欢在人家的颜面、手脚上乱爬乱舐，古人虽美其名曰"吸美"，在被吸者却是极不愉快的事。希腊有一篇传说，说明这个缘起，颇有趣味。据说苍蝇本来是一个处女，名叫默亚（Muia），很是美丽，不过太喜欢说话。她也爱那月神的情人恩迭米盎（Endymion），当他睡着的时候，她总还是和他讲话或唱歌，使他不能安息，因此月神发怒，把她变成苍蝇。以后她还是纪念着恩迭米盎，不肯叫人家安睡，尤其是喜欢搅扰年轻的人。

苍蝇的固执与大胆，引起好些人的赞叹。何美洛思（Homeros）在史诗中常比勇士于苍蝇，他说，虽然你赶它去，它总不肯离开你，一定要叮你一口方才罢休。又有诗人云，那小苍蝇极勇敢地跳在人的肢体上，渴欲饮血，战士却躲避敌人的刀锋，真可羞了。我们侥幸不大遇见喝血的勇士，但勇敢地攻上来舐我们的头的却常常遇到。法勃尔（Fabre）的《昆虫记》里说有一种蝇，乘土蜂负虫入穴之时，下卵子虫内，后来蝇卵先出，把死虫和蜂卵一并吃下去。他说这种蝇的行为好像是一个红巾黑衣的暴客在林中袭击旅人，但是他的彪悍敏捷的确也可佩服，倘使希腊人知道，或者可以拿去形容阿迭修思（Odssyeus）一流的狡侩英雄罢。

中国古来对于苍蝇也似乎没有什么反感。《诗经》里说："营营青蝇，止于樊。岂弟君子，无信谗言。"又云："非鸡则鸣，苍蝇之声。"据陆农师说，青蝇善乱色，苍蝇善乱声，所以是这样说法。传说里的苍蝇，即使不是特殊良善，总之决不比别的昆虫更为卑恶。在日本的俳谐中则蝇成为普通的诗料，虽然略带湫秽的气色，但很能表出温暖热闹的境界。小林一茶更为奇特，他同圣芳济一样，以一切生物为弟兄朋友，苍蝇当然也是其一。检阅他的俳句选集，咏蝇的诗有二十首之多，今举两首以见一斑。一云：

笠上的苍蝇，比我更早地飞进去了。

这诗有题曰《归庵》。又一首云：

不要打哪，苍蝇搓他的手，搓他的脚呢。

我读这一句，常常想起自己的诗觉得惭愧，不过我的心情总不能达到那一步，所以也是无法。《埠雅》云："蝇好交其前足，有绞蝇之象……亦好交其后足。"这个描写正可作前句的注解。又绍兴小儿谜语歌云："像乌豇豆格乌，像乌豇豆格粗，堂前当中央，坐得拉胡须。"也是指这个现象。

据路吉亚诺思说，古代有一个女诗人，慧而美，名叫默亚，又有一个名妓也以此为名，所以滑稽诗人有句云："默亚咬他直达他的心房。"中国人虽然永久与苍蝇同桌吃饭，却没有人拿苍蝇作为名字，以我所知只有一二人被用为浑名而已。

十三年七月

关于蝙蝠

1930年8月4日刊《骆驼草》13期。

苦雨翁[1]：

　　我老早就想写一篇文章论论这位奇特的黑夜行脚的蝙蝠君。但终于没有写，不，也可以说是写过的，只是不立文字罢了。

　　昨夜从苦雨斋谈话归来，车过西四牌楼，忽然见到几只蝙蝠沿着电线上面飞来飞去，似乎并不怕人，热闹市口它们这等游逛，说起来我还是第一次看见，岂未免有点儿乡下人进城乎。

　　"奶奶经"告诉我，蝙蝠是老鼠变的。怎样地一个变法呢？

---

[1]　"苦雨翁"是周作人的笔名，1930年3月11日、1931年9月14日周作人致书废名，都自署"苦雨"。

据云，老鼠嘴馋，有一回口渴，错偷了盐吃，于是脱去尾巴，生上翅膀，就变成了现在的蝙蝠这般模样。这倒也十分自在，未免更上一层楼，从地上的活动，进而为空中的活动，飘飘乎不觉羽化而登仙。但另有一说，同为老鼠变的则一，同为口渴的也则一，这个则是偷吃了油。我佛面前长明灯，每晚和尚来添油，后来不知怎地，却发现灯盘里面的油，一到隔宿便涓滴也没有留存。和尚好生奇怪，有一回，夜半，私下起来探视，却见一个似老鼠而又非老鼠的东西昏卧在里面。也许他正在朦胧罢，和尚轻轻地捻起，蓦然间它惊醒了，不觉大声而疾呼，"叽！叽！"

和尚慈悲，走出门，一扬手，喝道：

善哉——
有翅能飞，
有足能走。

于是蝙蝠从此遍天下。

生物学里关于蝙蝠是怎样讲法，现在也不大清楚了。只知道它是胎生的，怪别致的，走兽而不离飞鸟，生上这么两扇软翅，分明还记得，小时候读小学教科书，曾经有过蝙蝠君的故事。唉，这太叫人什么了，想起那教科书，真未免对于此公有些不敬，仿佛说它是被厌弃者，走到兽群，兽群则曰，你有两翅，非我族类。走到鸟群，鸟群则曰，你是胎生，何与吾事。这似乎是因为蝙蝠君有会挑唆和离间的本事。究竟它和它的同辈争过怎样的一席长短，或者与它的先辈先生们有过何种利害冲突的关系，我俱无从知道，固然在事实上好像也找不出什么证据来，大抵这些都是由于先辈的一时高兴，任意赐给它的头衔罢。然而不然，不见夫钟馗图乎，上有蝙蝠飞来，据说这就是"福"的象征呢。在这里，蝙蝠君倒又成为"幸运儿"了。本来末，举凡人世所谓拥护呀，打倒呀之类，压根儿就是个倚伏作用，孟轲不也说过吗，"赵孟之所贵，赵孟能贱之。"

蝙蝠君自然还是在那里过它的幽栖生活。但使我担心的，不知现在的小学教科书，或者儿童读物里面，还有这类不愉快的故事没有。

夏夜的蝙蝠，在乡村里面的，却有着另一种风味。日之夕矣，这一天的农事告完，麦粮进了仓房。牧人赶回猪羊，老黄牛总是在树下多歇一会儿，嘴里懒懒嚼着干草，白沫一直拖到地，照例还要去南塘喝口水才进牛栏的罢。长工几个人老是蹲在场边，腰里拔出旱烟袋在那里彼此对火。有时也默默然不则一声。场面平滑如一汪水，我们一群孩子喜欢再也没有可说的，有的光了脚在场上乱跑。这时不知从哪里来的蝙蝠，来来往往的只在头上盘旋，也不过是树头高罢，孩子们于是慌了手脚，跟着在场上兜转，性子急一点的未免把光脚乱跺。还是大人告诉我们的，脱下一只鞋，向空抛去，蝙蝠自会钻进里边来，就容易把它捉住了。然而蝙蝠君却在逗弄孩子们玩耍，倒不一定会给捉住的，不过我们跷一只脚在场上跳来跳去，实在怪不方便的，一不慎，脚落地，踏上满袜子土，回家不免要挨父亲瞪眼。有时在外面追赶蝙蝠直至更深，弄得一身土，不敢回家，等到母亲出门呼唤，才没精打采的归去。

年来只在外面漂泊，家乡的事事物物，表面上似乎来得疏阔，但精神上却也分外地觉得亲近。偶尔看见夏夜的蝙蝠，因而想起小时候听白发老人说"奶奶经"以及自己顽皮的故事，真大有不胜其今昔之感了。

关于蝙蝠君的故事，我想先生知道的要多许多，写出来也定然有趣。何妨也就来谈谈这位"夜行者"呢？

Grahame的《杨柳风》（*The Wind in the Willows*）小书里面，不知曾附带提到这小动物没有，顺便的问一声。

七月二十日，启无①。

启无兄：

关于蝙蝠的事情我所知道的很少，未必有什么可以补充。查

---

① 启无，即沈启无（1902—1969），字闲步，笔名有开元、童驼、潜庵等。江苏淮阴人，是周作人的"受业弟子"，在二十世纪三、四十年代与周作人过往甚密。《周作人书信》曾收有1931年至1933年间周作人"与沈启无君书二十五通"，周作人还曾为沈启无编《近代散文抄》写了两篇序言。但1943年沈启无与周作人反目，周作人又发表"破门声明"，将沈启无逐出教门。沈启无写有《闲步庵随笔》《筹夜笔记》《风俗琐记》等多种散文集。

《和汉三才图会》卷四十二原禽类，引《本草纲目》等文后，按语曰："伏翼身形色声牙爪皆似鼠而有肉翅，盖老鼠化成，故古寺院多有之。性好山椒，包椒于纸抛之，则伏翼随落，竟捕之。若所啮手指则难放，急以椒与之，即脱焉。其为鸟也最卑贱者，故俚语云，无鸟之乡蝙蝠为上。"按日本俗语"无鸟的乡村的蝙蝠"，意思就是矮子队里的长子。蝙蝠喜欢花椒，这种传说至今存在，如东京儿歌云：

蝙蝠，蝙蝠，

给你山椒吧，

柳树底下给你水喝吧。

蝙蝠，蝙蝠，

山椒的儿，

柳树底下给你醋喝吧。

北原白秋在《日本的童谣》中说："我们做儿童的时候，吃过晚饭就到外边去，叫蝙蝠或是追蝙蝠玩。我的家是酒坊，酒仓左近常响蝙蝠飞翔。而且蝙蝠喜欢喝酒。我们捉到蝙蝠，把酒倒在碟子里，拉住它的翅膀，伏在里边给它酒喝。蝙蝠就红了脸，醉了，或者老鼠似的吱吱地叫了。"日向地方的童谣云：

酒坊的蝙蝠，给你酒喝吧。

喝烧酒么，喝清酒么？

再下一点来再给你喝吧。

有些儿童请它吃糟、喝醋，也都是这个意思的变换。不过这未必全是好意，如长野的童谣便很明白，即是想脱一只鞋向空抛去也。其词曰：

蝙蝠，来，

快来！

给你草鞋，快来！

雪如女士编《北平歌谣集》一○三首云：

檐蝙蝠，穿花鞋，

你是奶奶我是爷。

这似乎是幼稚的恋爱歌，虽然还是说的花鞋。

蝙蝠的名誉我不知道是否系为希腊老奴伊索所弄坏，中国向来似乎不大看轻它的。它是暮景的一个重要的配色，日本《俳句辞典》中说：

无论在都会或乡村，薄暮的景色与蝙蝠都相调和，但热闹杂昚的地方其调和之度较薄。大路不如行人稀少的小路，都市不如寂静的小城，更密切地适合。看蝙蝠时的心情，也要仿佛感着一种萧寂的微淡的哀愁那种心情才好。从满腔快乐的人看去，只是皮相的观察，觉得蝙蝠在暮色中飞翔罢了，并没有什么深意，若是带了什么败残之憾或历史的悲愁那种情调来看，便自然有别种的意趣浮起来了。

这虽是《诗韵含英》似的解说，却也颇得要领，小时候读唐诗，（韩退之的诗么？）有两句云："山石荦确行径微，黄昏到寺蝙蝠飞，"至今还觉得有趣味。会稽山下的大禹庙里，在禹王耳朵里做窠的许多蝙蝠，白昼也吱吱地乱叫，因为我们到庙时不在晚间，所以总未见过这样的情景。日本俳句中有好些咏蝙蝠的佳作，举其一二：

蝙蝠呀，
屋顶草长——
圆觉寺。

——亿兆子作

蝙蝠呀，
人贩子的船
靠近了岸。

——水乃家作

土牢呀，

卫士所烧的火上的

食蚊鸟。

——芋村作

Kakuidori，吃蚊子鸟，即是蝙蝠的别名。

格来亨的《杨柳风》里没有说到蝙蝠，他所讲的只是土拨鼠，水老鼠，罐，獭和癞蛤蟆。但是我见过一本《蝙蝠的生活》，很有文学的趣味，是法国Charles　Derennes所著，Willcox女士于一九二四年译成英文，我所见的便是这一种译本。

十九年七月二十三日，岂明①

一九三〇年七月作，选自《看云集》

---

① 岂明，周作人的笔名。据周作人在《知堂回想录》里说："章太炎先生于一九〇九年春夏之间写一封信来，招我们去共学梵文，写作'豫哉启明兄'，我便从此改写启明，随后《语丝》上面的岂明、开明、难明，也就从这里引申出来了。"

猫打架

现在时值阴历三月，是春气发动的时候，夜间常常听见猫的嚎叫声甚凄厉，和平时迥不相同，这正是"猫打架"的时节，所以不足为怪的。但是实在吵闹得很，而且往往是在深夜，忽然庭树间嚎的一声，虽然不是什么好梦，总之给它惊醒了，不是愉快的事情。这便令我想起五四前后初到北京的事情来，时光过的真快，这已是四十多年前的事了。我写过《补树书屋旧事》，第七篇叫做《猫》，这里让我把它抄一节吧：

"说也奇怪，补树书屋里的确也不大热，这大概与那大槐树有关系，它好像是一顶绿的大日照伞，把可畏的夏日都给挡住了。这房屋相当阴暗，但是不大有蚊子，因为不记得用过什么蚊子香；也不曾买有蝇拍子，可是没有苍蝇进来，虽然门外面的青虫很有点讨厌。那么旧的屋里该有老鼠，却也并不是，倒是不知道哪里的猫常在屋上骚扰，往往叫人整半夜睡不着觉，在一九一八年旧日记里边便有三四处记着'夜为猫所扰，不能安睡。'不知道在鲁迅日记上有无记载，事实上在那时候大抵是大怒而起，拿着一枝竹竿，搬了小茶几，到后檐下放好，他便上去用竹竿痛打，把它们打散，但也不长治久安，往往过一会又回来了。《朝花夕拾》中有一篇讲到猫的文章，其中有些是与这有关的。"说到《朝花夕拾》，虽然这是有许多人看过的书，现在我也找有关摘抄一点在这里：

"要说得可靠一点，或者倒不如说不过因为它们配合时候的嚷叫，手续竟有这么繁重，闹得别人心烦，尤其是夜间要看书睡觉的时候。当这些时候，我便要用长竹竿去攻击它们。狗们在大道上配合时，常有闲汉拿了木棍痛打，我曾见大勃吕该尔的一张铜版画上也画着这样事，可见这样的举动，是古今中外一致的。打狗的事我不管，至于我的打猫，却只因为它们嚷嚷，此外并无恶意。"

可是奇怪得很，日本诗人们却对它很是宽大，特别是以松尾芭蕉为祖师一派俳人（做俳句的人）不但不嫌恶它还收它到诗里去，我们仿大观园的傻大姐称之曰猫打架的，他们却加以正面的美称曰猫的恋爱，在《俳谐岁时记》中春季项下堂堂的登载着。俳句中必须有季题，这岁时记便是那些季题的集录，在《岁时记》春季的动物项下便有猫的恋爱这一种，解说道：

"猫的交尾虽是一年有四回，但以春天为显著。时届早春，凡入交尾期的猫也不怕人，不避风雨，昼夜找寻雌猫，到处奔走，连饭也不好好的吃。常有数匹发疯似的争斗，用了极其迫切的叫声诉其热情。数日之后，憔悴受伤，遍身乌黑的回来，情形很是可怜。"

这里诗人对于它们似乎颇有同情，芭蕉有诗云：

"吃了麦饭，为了恋爱而憔悴了么，女猫。"比他稍后的召波则云：

"爬过了树，走近前来调情的男猫啊。"但是高井几厘的句云：

"滚了下去的声响，就停止了的猫的恋爱。"又似乎说滚得好，有点拿长竹竿的意思了。小林一茶说：

"睡了起来，打了一个大呵欠的猫的恋爱。"这与近代女流俳人杉田久女所说的：

"恋爱的猫，一步也不走进夜里的口（此字原刊脱漏）门。"大概只是形容它们的忙碌罢了。

《俳谐岁时记》是从前传下来的东西，虽然新的季题不断的增入，可是旧的却还是留着，这里"猫的恋爱"与鸟雀交尾总还是事实，有些空虚的传说却也罗列着，例如"田鼠化为鴽"以及

"獭祭鱼"之类。大概这很受中国的月令里七十二候的影响，不过大雪节的三候中有"虎始交"，《岁时记》里却并不收，我想或者是因为难得看见老虎的缘故吧。虎猫本是同类，恐怕也是那么的嚷嚷的，但是不听见有人说起过，现代讲动物园的书有些描写它们的生活，也不曾见有记录。《七十二候图赞》里画了两只老虎相对，一只张着大嘴，似乎是吼叫的样子，这或者是仿那猫的作风而画的吧。赞曰：

"虎至季冬，感气生育，虎客不复，后妃乱政。"意思不很明白，第三句里似乎可能有刻错的字，但是也不知道正文是什么字了。

一九六四年五月发表，选自《知堂集外文·四九年以后》

第三章

半日静坐，半日读书

我只希望，祈祷，我的心境不要再粗糙下去，荒芜下去，这就是我的最大愿望。

山中杂信

1921年6月7日起刊《晨报》。

一

伏园兄：

我已于本月初退院，搬到山里来了①。香山不很高大，仿佛只是故乡城内的卧龙山模样，但在北京近郊，已经要算是很好的山了。碧云寺在山腹上，地位颇好，只是我还不曾到外边去看过，因为须等医生再来诊察一次之后，才能决定可以怎样行动，

---

① 1920年底，周作人突患肋膜炎，因病势恶化，1921年3月底至5月底曾住院两月，并于是年6月2日去香山碧云寺养病，住般若堂。

而且又是连日下雨，连院子里都不能行走，终日只是起卧屋内罢了。大雨接连下了两天，天气也就颇冷了。般若堂里住着几个和尚们，买了许多香椿干，摊在芦席上晾着，这两天的雨不但使它不能干燥，反使它更加潮湿。每从玻璃窗望去，看见廊下摊着湿漉漉的深绿的香椿干，总觉得对于这班和尚们心里很是抱歉似的，——虽然下雨并不是我的缘故。

般若堂里早晚都有和尚做功课，但我觉得并不烦扰，而且于我似乎还有一种清醒的力量。清早和黄昏时候的清澈的磬声，仿佛催促我们无所信仰、无所归依的人，拣定一条道路精进向前。我近来的思想动摇与混乱，可谓已至其极了，托尔斯泰的无我爱与尼采的超人，共产主义与善种学，耶佛孔老的教训与科学的例证，我都一样的喜欢尊重，却又不能调和统一起来，造成一条可以行的大路。我只将这各种思想，凌乱地堆在头里，真是乡间的杂货一料店了。——或者世间本来没有思想上的"国道"，也未可知。这件事我常常想到，如今听他们做功课，更使我受了激刺。同他们比较起来，好像上海许多有国籍的西商中间，夹着一个"无领事管束"的西人。至于无领事管束，究竟是好是坏，我还想不明白。不知你以为何如？

寺内的空气并不比外间更为和平。我来的前一天，般若堂里的一个和尚，被方丈差人抓去，说他偷寺内的法物，先打了一顿，然后捆送到城内什么衙门去了。究竟偷东西没有，是别一个问题，但吊打恐总非佛家所宜。大约现在佛徒的戒律，也同"儒业"的三纲五常一样，早已成为具文了。自己即使犯了永为弃物的波罗夷罪，并无妨碍，只要有权力，便可以处置别人，正如护持名教的人却打他的老父，世间也一点都不以为奇。

我们厨房的间壁，住着两个卖汽水的人，也时常吵架。掌柜的回家去了，只剩了两个少年的伙计，连日又下雨，不能出去摆摊，所以更容易争闹起来。前天晚上，他们都不愿意烧饭，互相推诿，始而相骂，终于各执灶上的铁通条，打仗两次。我听他们叱咤的声音，令我想起《三国志》及《劫后英雄略》等书里所记的英雄战斗或比武时的威势，可是后来战罢，他们两个人一点都不受伤，更是不可思议了。从这两件事看来，你大约可以知道这山上的战氛罢。

因为病在右肋，执笔不大方便，这封信也是分四次写成的。以后再谈罢。

一九二一年六月五日

二

近日天气渐热，到山里来住的人也渐多了。对面的那三间屋，已于前日租去，大约日内就有人搬来。般若堂两旁的厢房，本是"十方堂"，这块大木牌还挂在我的门口。

但现在都已租给人住，以后有游方僧来，除了请到罗汉堂去打坐以外，没有别的地方可以挂单了。

三四天前大殿里的小菩萨，失少了两尊，方丈说是看守大殿的和尚偷卖给游客了，于是又将他捆起来，打了一顿，但是这回不曾送官，因为次日我又听见他在后堂敲那大木鱼了。（前因被抓去的和尚已经出来，搬到别的寺里去了。）当时我正翻阅《诸经要集》六度部的忍辱篇，道世大师在述意缘内说道，"……岂容微有触恼，大生嗔恨，乃至角眼相看，恶声厉色，遂加杖木，结恨成怨，"看了不禁苦笑。或者丛林的规矩，方丈本来可以用什么板子打人，但我总觉得有点矛盾。而且如果真照规矩办起来，恐怕应该挨打的却还不是这个所谓偷卖小菩萨的和尚呢。

山中苍蝇之多，真是"出人意表之外"。每到下午，在窗外群飞，嗡嗡作声，仿佛是蜜蜂的排衙。我虽然将风门上糊了冷布，紧紧关闭，但是每一出入，总有几个混进屋里来。各处桌上摊着苍蝇纸，另外又用了棕丝制的蝇拍追着打，还是不能绝灭。英国诗人勃来克有《苍蝇》一诗，将蝇来与无常的人生相比，日本小林一茶的俳句道，"不要打哪！那苍蝇搓他的手，搓他的脚呢。"我平常都很是爱念，但在实际上却不能这样的宽大了。一茶又有一句俳句，序云：

捉到一个虱子，将他掐死固然可怜，要把他舍在门外，让他绝食，也觉得不忍，忽然的想到我佛从前给与鬼子母的东西①，

---

① 日本传说，佛降伏鬼子母神，给与石榴实食之，以代人肉，因石榴实味酸甜似人肉云。据《鬼子母经》说，她后来变了生育之神，这石榴大约只是多子的象征罢了。

成此。虱子呵，放在和我味道一样的石榴上爬着。

《四分律》云，"时有老比丘拾虱弃地，佛言不应，听以器盛若绵拾着中。若虱走出，应作筒盛；若虱出筒，应作盖塞。随其寒暑，加以腻食将养之。"一茶是诚信的佛教徒，所以也如此做，不过用石榴喂它却更妙了。这种殊胜的思想，我也很以为美，但我的心底里有一种矛盾，一面承认苍蝇是与我同具生命的众生之一，但一面又总当它是脚上带着许多有害的细菌，在头上面爬的痒痒的，一种可恶的小虫，心想除灭它。这个情与知的冲突，实在是无法调和，因为我笃信"赛老先生"的话，但也不想拿了他的解剖刀去破坏诗人的美的世界，所以在这一点上，大约只好甘心且做蝙蝠派罢了。

对于时事的感想，非常纷乱，真是无从说起，倒还不如不说也罢。

六月二十三日

三

我在第一信里，说寺内战氛很盛，但是现在情形却又变了。卖汽水的一个战士，已经下山去了。这个缘因，说来很长。前两回礼拜日游客很多，汽水卖了十多块钱一天，方丈知道了，便叫他们从形势最好的那"水泉"旁边撤退，让他自己来卖。他们只准在荒凉的塔院下及门口去摆摊，生意便很清淡，掌柜的于是实行减政，只留下了一个人做帮手——这个伙计本是做墨盒的，掌柜自己是泥水匠。这主从两人虽然也有时争论，但不至于开起仗来了。方丈似乎颇喜欢吊打他属下的和尚，不过他的法庭离我这里很远，所以并未直接受到影响。此外偶然和尚喝醉了高粱，高声抗辩，或者为了金钱胜负稍有纠葛，都是随即平静，算不得什么大事。因此般若堂里的空气，近来很是长闲逸豫，令人平矜释躁。这个情形可以意会，不易言传，我如今举出一件琐事来做个象征，你或者可以知其大略。

我们院子里，有一群鸡，共五六只，其中公的也有，母的也有。这是和尚们共同养的呢，还是一个人的私产，我都不知道。它们白天里躲在紫藤花底下，晚间被盛入一只小口大腹，像是装香油用的藤篓里面。这篓子似乎是没有盖的，我每天总看见它在柏树下仰天张着口放着。夜里酉戌之交，和尚们擂鼓既罢，各去休息，篓里的鸡便怪声怪气的叫起来。于是禅房里和尚们"唆，唆——"之声，相继而作。这样以后，篓里与禅房里便复寂然，直到天明，更没有什么惊动。问是什么事呢？答说有黄鼠狼来咬鸡。其实这小口大腹的篓子里，黄鼠狼是不会进去的，倘若掉了下去，它就再也逃不出来了。大约它总是未能忘情，所以常来窥探，不过聊以快意罢了。倘若篓子上加上一个盖——虽然如上文所说，即使无盖，本来也很安全——也便可以省得它的窥探。但和尚们永远不加盖，黄鼠狼也便永远要来窥探，以致"三日两头"的引起夜中婆里与禅房里的驱逐。这便是我所说的长闲逸豫的所在。我希望这一节故事，或者能够比那四个抽象的字说明的更多一点。

但是我在这里不能一样的长闲逸豫，在一日里总有一个阴郁的时候，这便是下午清华园的邮差送报来后的半点钟。我的神经衰弱，易于激动，病后更甚，对于略略重大的问题，稍加思索，便很烦躁起来，几乎是发热状态，因此平常十分留心避免。但每天的报里，总是充满着不愉快的事情，见了不免要起烦恼。或者说，既然如此，不看岂不好么？但我又舍不得不看，好像身上有伤的人，明知触着是很痛的，但有时仍是不自禁的要用手去摸，感到新的剧痛，保留他受伤的意识。但苦痛究竟是苦痛，所以也就赶紧丢开，去寻求别的慰解。我此时放下报纸，努力将我的思想遣发到平常所走的旧路上去——回想近今所看书上的大乘菩萨布施忍辱等六度难行，净土及地狱的意义，或者去搜求游客及和尚们（特别注意于方丈）的轶事。我也不愿再说不愉的事，下次还不如仍同你讲他们的事情吧。

六月二十九日

四

近日因为神经不好，夜间睡眠不足，精神很是颓唐，所以好久没有写信，也不曾做诗了。诗思固然不来，日前到大殿后看了御碑亭，更使我诗兴大减。碑亭之北有两块石碑，四面都刻着乾隆御制的律诗和绝句。这些诗虽然很讲究地刻在石上，壁上还有宪兵某君的题词，赞叹他说："天命乃有移，英风殊难泯！"但我看了不知怎的联想到那塾师给冷于冰看的草稿，将我的创作热减退到近于零度。我以前病中忽发野心，想做两篇小说，一篇叫《平凡的人》，一篇叫《初恋》，幸而到了现在还不曾动手，不然，岂不将使《馍馍赋》不但无独而且有偶么？

我前回答应告诉你游客的故事，但是现在也未能践约，因为他们都从正门出入，很少到般若堂里来的。我看见从我窗外走过的游客，一总不过十多人。他们却有一种公共的特色，似乎都对于植物的年龄颇有趣味。他们大抵问和尚或别人道："这藤萝有多少年了？"答说："这说不上来。"便又问，"这柏树呢？"至于答案，自然仍旧是"说不上来"了。或者不问柏树的，也要问槐树，其余核桃、石榴等小树，就少有人注意了。

我常觉得奇异，他们既然如此热心，寺里的人何妨就替各棵老树胡乱定出一个年岁，叫和尚们照样对答，或者写在大木板上，挂在树下，岂不一举两得么？

游客中偶然有提着鸟笼的，我看了最不喜欢。我平常有一种偏见，以为作不必要的恶事的人，比为生活所迫，不得已而作恶者更为可恶，所以我憎恶蓄妾的男子，比那卖女为妾——因贫穷而吃人肉的父母，要加几倍。对于提鸟笼的人的反感，也是出于同一的源流。如要吃肉，便吃罢了，（其实飞鸟的肉，于养生上也并非必要）。如要赏鉴，在他自由飞鸣的时候，可以尽量的看或听：何必关在笼里，擎着走呢？我以为这同喜欢缠足一样的是痛苦的赏玩，是一种变态的残忍的心理。贤首于《梵网戒疏》盗戒下注云："善见云，盗空中鸟，左翅至右翅，尾至头，上下亦尔，俱得重罪。准此戒，纵无主，鸟身自为主，盗皆重也。"鸟身自为主，——这句话的精神何等博大深厚，然而又岂是那些提鸟笼的朋友所能了解的呢？

《梵网经》里还有几句话，我觉得也都很好。如云："若佛子，故食肉，——一切肉不得食。——断大慈悲性种子，一切众生见而舍去。"又云："一切男子是我父，一切女人是我母，我生生无不从之受生，故六道众生皆我父母。而杀而食者，即杀我父母，亦杀我故身：一切地水，是我先身；一切火风，是我本体……"我们现在虽然不能再相信六道轮回之说，然而对于这普亲观、平等观的思想，仍然觉得他是真而且美。英国勃来克的诗：

被猎的兔每一声叫，

撕掉脑里的一枝神经；

云雀被伤在翅膀上，

一个天使止住了歌唱。

这也是表示同一的思想。我们为自己养生计，或者不得不杀生，但是大慈悲性种子也不可不保存，所以无用的杀生与快意的杀生，都应该避免的。譬如吃醉虾，这也罢了；但是有人并不贪它的鲜味，只为能够将半活的虾夹住，直往嘴里送，心里想道"我吃你！"觉得很快活。这是在那里尝得胜快心的滋味，并非真是吃食了。《晨报》杂感栏里曾登过松年先生的一篇《爱》，我很以他所说的为然。但是爱物也与仁人很有关系，倘若断了大慈悲性种子，如那样吃醉虾的人，于爱人的事也恐怕不大能够圆满的了。

七月十四日

五

近日天气很热，屋里下午的气温在九十度以上。所以一到晚间，般若堂里在院子里睡觉的人，总有三四人之多。他们的睡法很是奇妙，因为蚊子白蛉要来咬，于是便用棉被没头没脑的盖住。这样一来，固然再也不怕蚊子们的勒索，但是露天睡觉的原意也完全失掉了。要说是凉快，却蒙着棉被；要说是通气，却将头直钻到被底下去。那么同在热而气闷的屋里睡觉，还有什么区别呢？有一位方丈的徒弟，睡在藤椅上，挂了一顶洋布的帐子，我以为是防蚊用的了，岂知四面都是悬空，蚊子们如能飞近地面一二尺，仍旧是可以进去的，他的帐子只能挡住从上边掉下来的蚊子罢了。这些奥妙的办法，似乎很有一种禅味，只是我了解不来。

我的行踪，近来已经推广到东边的"水泉"。这地方确是还好，我于每天清早，没有游客的时候，去徜徉一会，赏鉴那山水之美。只可惜不大干净，路上很多气味，——因为陈列着许多《本草》上的所谓人中黄！我想中国真是一个奇妙的国，在那里人们不容易得着营养料，也没有办法处置他们的排泄物。我想象轩辕太祖初入关的时候，大约也是这样情形，但现在已经过了四千年之久了，难道这个情形真已支持了四千年，一点不曾改么？

水泉四面的石阶上，是天然疗养院附属的所谓洋厨房。门外生着一棵白杨树，树干很粗，大约直径有六七寸，白皮斑驳，很是好看。他的叶在没有什么大风的时候，也瑟瑟的响，仿佛是有魔术似的。古诗说："白杨多悲风，萧萧愁杀人。"非看见过白杨树的人，不大能了解它的趣味。欧洲传说云，耶稣钉死在白杨木的十字架上，所以这树以后便永远颤抖着。……我正对着白杨起种种的空想，有一个七八岁的小西洋人跟着宁波的老妈子走进洋厨房来。那老妈子同厨子讲着话的时候，忽然来了两个小广东人，各举起一只手来，接连的打小西洋人的嘴巴。他的两个小颊，立刻被批的通红了，但他却守着不抵抗主义，任凭他们打去。我的佣人看不过意，把他们隔开两回，但那两位攘夷的勇士又冲过去，寻着要打嘴巴。被打的人虽然忍受下去了，但他们把我刚才的浪漫思想也批到不知去向，使我切肤的感到现实的痛。

——至于这两个小爱国者的行为，若由我批评，不免要有过激的话，所以我也不再说了。

我每天傍晚到碑亭下去散步，顺便恭读乾隆的御制诗；碑上共有十首，我至少总要读他两首。读之既久，便发生种种感想，其一是觉得语体诗发生的不得已与必要。御制诗中有这几句，如"香山适才游白社，越岭便已至碧云"。又"玉泉十丈瀑，谁识此其源"。似乎都不大高明。但这实在是旧诗的难做，怪不得皇帝。对偶呀，平仄呀，押韵呀，拘束得非常之严，所以便是奉天承运的真龙也挣扎它不过，只落得留下多少打油的痕迹在石头上面。倘若他生在此刻，抛了七绝五律不做，去做较为自由的新体诗，即使做的不好，也总不至于被人认为"哥罐闻焉嫂棒伤"的蓝本吧。但我写到这里，忽然想到《大江集》等几种名著，又觉得我所说的也未必尽然。大约用文言做"哥罐"的，用白话做来仍是"哥罐"——于是我又想起一种疑问，这便是语体诗的"万应"的问题了。

七月十七日

六

好久不写信了。这个原因，一半因为你的出京，一半因为我的无话可说。我的思想实在混乱极了，对于许多问题都要思索，却又一样的没有归结，因此觉得要说的话虽多，但不知怎样说才好。现在决心放任，并不硬去统一，姑且看书消遣，这倒也还罢了。

上月里我到香山去了两趟，都是坐了四人轿去的。我们在家乡的时候，知道四人轿是只有知县坐的，现在自己却坐了两回，也是"出于意表之外"的。我一个人叫他们四位扛着，似乎很有点抱歉，而且每人只能分到两角多钱，在他们实在也不经济，不知道为什么不减作两人呢？那轿杠是杉木的，走起来非常颠簸。大约坐这轿的总非有候补道的那样身材，是不大合宜的。我所去的地方是甘露旅馆，因为有两个朋友耽搁在那里，其余各处都不曾去。什么的一处名胜，听说是督办夫人住着，不能去了。我说这是什么督办。参战和边防的督办不是都取消了么，答说是水灾督办。我记得四五年前天津一带确曾有过一回水灾，现在当然已经干了，而且连旱灾都已闹过了（虽然不在天津）。朋友说，中国的水灾是不会了的，黄河不是决口了么。这话的确不错，水灾督办诚然有存在的必要，而且照中国的情形看来，恐怕还非加入官制里去不可呢。

我在甘露旅馆买了一本《万松野人言善录》，这本书出了已经好几年，在我却是初次看见。我老实说，对于英先生的议论未能完全赞同，但因此引起我陈年的感慨，觉得要一新中国的人心，基督教实在是很适宜的。极少数的人能够以科学艺术或社会的运动去替代他宗教的要求，但在大多数是不可能的。我想最好便以能容受科学的一神教把中国现在的野蛮残忍的多神——其实是拜物——教打倒，民智的发达才有点希望。不过有两大条件，要紧紧的守住：其一是这新宗教的神切不可与旧的神的观念去同化，以致变成一个西装的玉皇大帝，其二是切不可造成教阀，去妨害自由思想的发达。这第一、第二的覆辙，在西洋历史上实例已经很多，所以非竭力免去不可。——但是，我们昏乱的国民久伏在迷信的黑暗里，既然受不住智慧之光的照耀，肯受这新宗教的灌顶么？不为传统所囿的大公无私的新宗教家，国内有几人呢？仔细想来，我的理想或者也只是空想！将来主宰国民的心的，仍旧还是那一班的鬼神妖怪罢！

我的行踪既然已经推广到了寺外，寺内各处也都已走到，只剩那可以听松涛的有名的塔上不曾去。但是我平常散步，总只在御诗碑的左近或是弥勒佛前面的路上。这一段泥路来回可一百步，一面走着，一面听着阶下龙嘴里的潺潺的水声，（这就是御制诗里的"清波绕砌湲"），倒也很有兴趣。不过这清波有时要不"湲"，其时很是令人扫兴，因为后面有人把他截住了。这是谁做主的，我都不知道，大约总是有什么金鱼池的阔人们罢。他们要放水到池里去，便是汲水的人也只好等着，或是劳驾往水泉去，何况想听水声的呢！靠着这清波的一个朱门里，大约也是阔人，因为我看见他们搬来的前两天，有许多穷朋友头上顶了许多大安乐椅、小安乐椅进去。以前一个绘画的西洋人住着的时候，并没有什么门禁，东北角的墙也坍了，我常常去到那里望对面的山景和在溪滩积水中洗衣的女人们。现在可是截然的不同了，倒墙从新筑起，将真山关出门外，却在里面叫人堆上许多石头，（抬这些石头的人们，足足有三天，在我的窗前络绎的走过。）叫做假山，一面又在弥勒佛左手的路上筑起一堵泥墙，于是我真山固然望不见，便是假山也轮不到看。那些阔人们似乎以为四周非有墙包围着是不能住人的。我远望香山上迤逦的围墙，又想起秦始皇的万里长城，觉得我所推测的话并不是全无根据的。

还有别的见闻，我曾做了两篇《西山小品》，其一曰《一个乡民的死》，其二曰《卖汽水的人》，将他记在里面。但是那两篇是给日本的朋友们所办的一个杂志作的，现在虽有原稿留下，须等我自己把它译出方可发表。

九月三日，在西山

济南道中

1924年6月5日起刊《晨报副镌》。

一

伏园兄，你应该还记得"夜航船"的趣味罢？这个趣味里的确包含有些不很优雅的非趣味，但如一切过去的记忆一样，我们所记住的大抵只是一些经过时间熔化变了形的东西，所以想起来还是很好的趣味。我平素由绍兴往杭州总从城里动身（这是二十年前的话了），有一回同几个朋友从乡间乘船，这九十里的一站路足足走了半天一夜；下午开船，傍晚才到西郭门外，于是停泊，大家上岸吃酒饭。这很有牧歌的趣味，值得田园画家的描写。第二天早晨到了西兴，埠头的饭店主人很殷勤地留客，点头说"吃了饭去"，进去坐在里面（斯文人当然不在柜台边和"短衣帮"并排着坐）破板桌边，便端出烤虾、小炒、腌鸭蛋等"家常便饭"来，也有一种特别的风味。可惜我好久好久不曾吃了。

今天我坐在特别快车内从北京往济南去，不禁忽然的想起旧事来。火车里吃的是大菜，车站上的小贩又都关出在木栅栏外，不容易买到土俗品来吃。先前却不是如此，一九〇六年我们乘京汉车往北京应练兵处（那时的大臣是水竹村人）的考试的时候，还在车窗口买到许多东西乱吃，如一个铜子一只的大鸭梨，十五个铜子一只的烧鸡之类；后来在什么站买到兔肉，同学有人说这实在是猫，大家便觉得恶心不能再吃，都摔到窗外去了。在日本旅行，于新式的整齐清洁之中（现在对于日本的事只好"轻描淡写"地说一句半句，不然恐要蹈邓先生的覆辙），却仍保存着旧日的长闲的风趣。我在东海道中买过一箱"日本第一的吉备团子"，虽然不能证明是桃太郎的遗制，口味却真不坏，可惜都被小孩们分吃，我只尝到一两颗，而且又小得可恨。还有平常的"便当"，在形式内容上也总是美术的，味道也好，虽在吃惯肥鱼大肉的大人先生们自然有点不配胃口。"文明"一点的有"冰激凌"装在一只麦粉做的杯子里，末了也一同咽下去。——我坐在这铁甲快车内，肚子有点饿了，颇想吃一点小食，如孟代故事中王子所吃的，然而现在实属没有法子，只好往餐堂车中去吃洋饭。

我并不是不要吃大菜的。但虽然要吃，若在强迫的非吃不可的时候，也会令人不高兴起来。还有一层，在中国旅行的洋人的确太无礼仪，即使并无什么暴行，也总是放肆讨厌的。即如在我这一间房里的一个怡和洋行的老板，带了一只小狗，说是在天津花了四十块钱买来的；他一上车就高卧不起，让小狗在房内撒尿，忙得车侍三次拿布来擦地板，又不喂饱，任它东张西望，呜呜的哭叫。我不是虐待动物者，但见人家昵爱动物，搂抱猫狗坐车坐船，妨害别人，也是很嫌恶的；我觉得那样的昵爱正与虐待同样的是有点兽性的。洋人中当然也有真文明人，不过商人大抵不行，如中国的商人一样。中国近来新起一种"打鬼"——便是打"玄学鬼"与"直脚鬼"——的倾向，我大体上也觉得赞成，只是对于他们的态度有点不能附和。我们要把一切的鬼或神全数打出去，这是不可能的事，更无论他们只是拍令牌，念退鬼咒，当然毫无功效，只足以表明中国人士气之十足，或者更留下一点恶因。我们所能做，所要做的，是如何使玄学鬼或直脚鬼不能为害。我相信，一切的鬼都是为害的，倘若被放纵着，便是我们自己"曲脚鬼"也何尝不如此。……人家说，谈天谈到末了，一定要讲到下作的话去，现在我却反对地谈起这样正经大道理来，也似乎不大合适，可以不再写下去了罢。

十三年五月三十一日，津浦车中

二

过了德州，下了一阵雨，天气顿觉凉快，天色也暗下来了。室内点上电灯，我向窗外一望，却见别有一片亮光照在树上地上，觉得奇异，同车的一位宁波人告诉我，这是后面护送的兵车的电光。我探头出去，果然看见末后的一辆车头上，两边各有一盏灯（这是我推想出来的，因为我看的只是一边，）射出光来，正如北京城里汽车的两只大眼睛一样。当初我以为既然是兵车的探照灯，一定是很大的，却正出于意料之外，它的光只照着车旁两三丈远的地方，并不能直照见树林中的贼踪。据那位买办所说，这是从去年故孙美瑶团长在临城做了那"算不得什么大事"之后新增的，似乎颇发生效力，这两道神光真吓退了沿路的毛贼，因为以后确不曾出过事，而且我于昨夜也已安抵济南了。

但我总觉得好笑，这两点光照在火车的尾巴头，好像是夏夜的萤火，太富于诙谐之趣。

我坐在车中，看着窗外的亮光从地面移在麦子上，从麦子移到树叶上，心里起了一种离奇的感觉，觉得似危险非危险，似平安非平安，似现实又似在做戏，仿佛眼看程咬金腰间插着两把纸糊大板斧在台上踱着时一样。我们平常有一句话，时时说起却很少实验到的，现在拿来应用，正相适合，——这便是所谓浪漫的境界。

十点钟到济南站后，坐洋车进城，路上看见许多店铺都已关门，——都上着"排门"，与浙东相似。我不能算是爱故乡的人，但见了这样的街市，却也觉得很是喜欢。有一次夏天，我从家里往杭州，因为河水干涸，船只能到牛屎滨，在早晨三四点钟的时分坐轿出发，通过萧山县城；那时所见街上的情形，很有点与这回相像。其实绍兴和南京的夜景也未尝不如此，不过徒步走过的印象与车上所见到底有些不同，所以叫不起联想来罢了。城里有好些地方也已改用玻璃门，同北京一样，这是我今天下午出去看来的。我不能说排门是比玻璃门更好，在实际上玻璃门当然比排门要便利得多。但由我旁观地看去，总觉得旧式的铺门较有趣味。玻璃门也自然可以有它的美观，可惜现在多未能顾到这一层，大都是粗劣潦草，如一切的新东西一样。旧房屋的粗拙，全体还有些调和，新式的却只见轻率凌乱这一点而已。

今天下午同四个朋友去游大明湖，从鹊华桥下船。这是一种"出坂船"似的长方的船，门窗做得很考究，船头有匾一块，文云："逸兴豪情"，——我说船头，只因它形式似船头，但行驶起来，它却变了船尾，一个舟子便站在那里倒撑上去。他所用的家伙只是一支天然木的篙，不知是什么树，剥去了皮，很是光滑，树身却是弯来扭去的并不笔直；他拿了这件东西，能够使一只大船进退回旋无不如意，并且不曾遇见一点小冲撞，在我只知道使船用桨橹的人看了不禁着实惊叹。大明湖在《老残游记》里很有一段描写，我觉得写不出更好的文章来，而且你以前赴教育改进社年会时也曾到过，所以我可以不絮说了。我也同老残一样，走到历下亭铁公祠各处，但可惜不曾在明湖居听得白妞说梨花大鼓。我们又去看"大帅张少轩"捐资倡修的曾子固的祠堂，以及张公祠，祠里还挂有一幅他的"门下子婿"的长髯照相和好些"圣朝柱石"等等的孙公德政牌。随后又到北极祠去一看，照例是那些塑像，正殿右侧一个大鬼，一手倒提着一个小妖，一手掐着一个，神气非常活现，右脚下踏着一个女子，它的脚跟正落在腰间，把她踹得目瞪口呆，似乎喘不过气来，不知是到底犯了什么罪。大明湖的印象仿佛像南京的玄武湖，不过这湖是在城里，很是别致。清人铁保有一联云："四面荷花三面柳，一城山色半城湖"，实在说得很好（据老残说这是铁公祠大门的槛联，现今却已掉下，在亭堂内倚墙放着了），虽然我们这回看不到荷花，而且湖边渐渐地填为平地，面积大不如前；水路也很窄狭，两旁变了私产，一区一区地用苇塘围绕，都是人家种蒲养鱼的地方，所以《老残游记》里所记千佛山倒影入湖的景象已经无从得见，至于"一声渔唱"尤其是听不到了。

但是济南城里有一个湖，即使较前已经不如，总是很好的事，这实在可以代一个大公园，而且比公园更为有趣，于青年也很有益。我遇见好许多船的学生在湖中往来，比较中央公园里那些学生站在路边等看头发像鸡窠的女人要好得多多，——我并不一定反对人家看女人，不过那样看法未免令人见了生厌。这一天的湖逛得很快意，船中还有王君的一个三岁的小孩同去，更令我们喜悦。他从宋君手里要蒲桃干吃，每拿几颗例须唱一出歌加以跳舞，他便手舞足蹈唱"一二三四"给我们听，交换五六个蒲桃干，可是他后来也觉得麻烦，便提出要求，说"不唱也给我罢"。他是个很活泼可爱的小人儿，而且一口的济南话，我在他口中初次听到"俺"这一个字活用在言语里，虽然这种调子我们从北大徐君的话里早已听惯了。

六月一日，在"家家泉水户户垂杨"的济南城内

三

六月二日午前，往工业学校看金线泉。这天正下着雨，我们乘暂时雨住的时候，踏着湿透的青草，走到石池旁边，照着老残的样子侧着头细看水面，却终于看不见那条金线，只有许多水泡，像是一串串的珍珠，或者还不如说水银的蒸汽，从石隙中直冒上来，仿佛是地下有几座丹灶在那里炼药。池底里长着许多植物，有竹有柏，有些不知名的花木，还有一株月季花，带着一个开过的花蒂：这些植物生在水底，枝叶青绿，如在陆上一样，到底不知道是怎么一回事。金线泉的邻近，有陈遵留客的投辖井，不过现在只是一个六尺左右的方池，辖虽还可以投，但是投下去也就可以取出来了。次到趵突泉，见大池中央有三股泉水向上喷涌，据《老残游记》里说翻出水面有二三尺高，我们看见却不过尺许罢了。池水在雨后颇是浑浊，也不曾流得"汩汩有声"，

加上周围的石桥石路以及茶馆之类，觉得很有点像故乡的脂沟汇，——传说是越王宫女倾脂粉水，汇流此地，现在却俗称"猪狗汇"，是乡村航船的聚会地了。随后我们往商埠游公园，刚才进门雨又大下，在茶亭中坐了许久，等雨霁后再出来游玩。园中别无游客，容我们三人独占全园，也是极有趣味的事。公园本不很大，所以便即游了，里边又别无名胜古迹，一切都是人工的新设，但有一所大厅，门口悬着匾额，大书曰"畅趣游情，马良撰并书"，我却瞻仰了好久。我以前以为马良将军只是善于打什么拳的人，现在才知道也很有风雅的趣味，不得不陈谢我当初的疏忽了。

此外我不曾往别处游览，但济南这地方却已尽够中我的意了。我觉得北京也很好，只是大多风和灰土，济南则没有这些：济南很有江南的风味，但我所讨厌的那些东南的脾气似乎没有，（或未免有点速断？）所以是颇愉快的地方。然而因为端午将到，我不能不赶快回北京来，于是在五日午前二时终于乘了快车离开济南了。

我在济南四天，讲演了八次。范围、题目都由我自己选定，本来已是自由极了，但是想来想去总觉得没有什么可讲，勉强拟了几个题目，都没有十分把握，至于所讲的话觉得不能句句确实，句句表现出真诚的气氛来，那是更不必说了。就是平常谈话，也常觉得自己有些话是虚空的，不与心情切实相应，说出时便即知道，感到一种恶心的寂寞，好像是嘴里尝到了肥皂。石川啄木的短歌之一云：

不知怎地，

总觉得自己是虚伪之块似的，

将眼睛闭上了。

这种感觉，实在经验了好许多次。在这八个题目之中，只有末了的"神话的趣味"还比较的好一点；这并非因为关于神话更有把握，只因世间对于这个问题很多误会，据公刊的文章上看来，几乎尚未有人加以相当的理解，所以我对于自己的意见还未开始怀疑，觉得不妨略说几句。我想神话的命运很有点与梦相似。野蛮人以梦为真，半开化人以梦为兆，"文明人"以梦为幻，然而在现代学者的手里，却成为全人格之非意识的显现，神话也经过宗教的，"哲学的"以及"科学的"解释之后，由人类学者解救出来，还他原人文学的本来地位。中国现在有相信鬼神托梦魂魄入梦的人，有求梦占梦的人，有说梦是妖妄的人，但没有人去从梦里寻出他情绪的或感觉的分子，若是"满愿的梦"则更求其隐密的动机，为学术的探讨者，说及神话，非信受则排斥，其态度正是一样。

我看许多反对神话的人虽然标榜科学，其实他的意思以为神话确有信受的可能，倘若不是竭力抗拒；这正如性意识很强的道学家之提倡戒色，实在是两极相遇了。真正科学家自己即不会轻信，也就不必专用攻击，只是平心静气地研究就得，所以怀疑与宽容是必要的精神，不然便是狂信者的态度，非耶者还是一种教徒，非孔者还是一种儒生，类例很多。即如近来反对太戈尔运动也是如此，他们自以为是科学思想与西方化，却缺少怀疑与宽容的精神，其实仍是东方式的攻击异端：倘若东方文化里有最大的毒害，这种专制的狂信必是其一了。不意话又说远了，与济南已经毫无关系，就此搁笔，至于神话问题，说来也嫌唠叨，改日面谈罢。

六月十日，在北京写

苦雨

1923年7月22日刊《晨报副镌》。

伏园兄:

北京近日多雨,你在长安道上不知也遇到否,想必能增你旅行的许多佳趣。雨中旅行不一定是很愉快的,我以前在杭沪车上时常遇雨,每感困难,所以我于火车的雨不能感到什么兴味,但卧在乌篷船里,静听打篷的雨声,加上欸乃的橹声以及"靠塘来,靠下去"的呼声,却是一种梦似的诗境。倘若更大胆一点,仰卧在脚划小船内,冒雨夜行,更显出水乡住民的风趣,虽然较为危险,一不小心,拙劣地转一个身,便要使船底朝天。二十多年前往东浦吊先父的保姆之丧,归途遇暴风雨,一叶扁舟在白鹅似的波浪中间滚过大树港,危险极也愉快极了。我大约还有好些

"为鱼"时候——至少也是断发文身时候的脾气，对于水颇感到亲近，不过北京的泥塘似的许多"海"实在不很满意，这样的水没有也并不怎么可惜。你往"陕半天"去似乎要走好两天的准沙漠路，在那时候倘若遇见风雨，大约是很舒服的，遥想你胡坐骡车中，在大漠之上，大雨之下，喝着四打之内的汽水，悠然进行，可以算是"不亦快哉"之一。但这只是我的空想，如诗人的理想一样的靠不住，或者你在骡车中遇雨，很感困难，正在叫苦连天也未可知，这须等你回京后问你再说了。

我住在北京，遇见这几天的雨，却叫我十分难过。北京向来少雨，所以不但雨具不很完全，便是家屋构造，于防雨亦欠周密。除了真正富翁以外，很少用实堎砖墙，大抵只用泥墙抹灰敷衍了事。近来天气转变，南方酷寒而北方淫雨，因此两方面的建筑上都露出缺陷。一星期前的雨把后园的西墙淋坍，第二天就有"梁上君子"来摸索北房的铁丝窗，从次日起赶紧邀了七八位匠人，费两天工夫，从头改筑，已经成功十分八九，总算可以高枕而卧，前夜的雨却又将门口的南墙冲倒二三丈之谱。这回受惊的可不是我了，乃是川岛君"伲们"俩，因为"梁上君子"如再见光顾，一定是去躲在"伲们"的窗下窃听的了。为消除"伲们"的不安起见，一等天气晴正，急须大举地修筑，希望日子不至于很久，这几天只好暂时拜托川岛君的老弟费神代为警护罢了。

前天十足下了一夜的雨，使我夜里不知醒了几遍。北京除了偶然有人高兴放几个爆仗以外，夜里总还安静，那样哗喇哗喇的雨声在我的耳朵已经不很听惯，所以时常被它惊醒，就是睡着也仿佛觉得耳边粘着面条似的东西，睡的很不痛快。还有一层，前天晚间据小孩们报告，前面院子里的积水已经离台阶不及一寸，夜里听着雨声，心里糊里糊涂地总是想水已上了台阶，浸入西边的书房里了。好容易到了早上五点钟，赤脚撑伞，跑到西屋一看，果然不出所料，水浸满了全屋，约有一寸深浅，这才叹了一口气，觉得放心了；倘若这样兴高采烈地跑去，一看却没有水，恐怕那时反觉得失望，没有现在那样的满足也说不定，幸而书籍都没有湿，虽然是没有什么价值的东西，但是湿成一饼一饼的纸糕，也很是不愉快。现今水虽已退，还留下一种涨过大水后的普通的臭味，固然不能留客坐谈，就是自己也不能在那里写字，所以这封信是在里边炕桌上写的。

这回的大雨，只有两种人最是喜欢。第一是小孩们。他们喜欢水，却极不容易得到，现在看见院子里成了河，便成群结队地去"淌河"去。赤了足伸到水里去，实在很有点冷，但他们不怕，下到水里还不肯上来。大人见小孩们玩的有趣，也一个两个地加入，但是成绩却不甚佳，那一天里滑倒了三个人，其中两个都是大人，——其一为我的兄弟，其一是川岛君。第二种喜欢下雨的则为蛤蟆。从前同小孩们往高亮桥去钓鱼钓不着，只捉了好些蛤蟆，有绿的，有花条的，拿回来都放在院子里，平常偶叫几声，在这几天里便整日叫唤，或者是荒年之兆，却极有田村的风味。有许多耳朵皮嫩的人，很恶喧嚣，如麻雀、蛤蟆或蝉的叫声，凡足以妨碍他们的甜睡者，无一不痛恶而深绝之，大有欲灭此而午睡之意。我觉得大可以不必如此，随便听听都是很有趣味的，不但是这些久成诗料的东西，一切鸣声其实都可以听。蛤蟆在水田里群叫，深夜静听，往往变成一种金属音，很是特别，又有时仿佛是狗叫，古人常称蛙蛤为吠，大约也是从实验而来。我们院子里的蛤蟆现在只见花条的一种，它的叫声更不漂亮，只是格格格这个叫法，可以说是革音，平常自一声至三声，不会更多，唯在下雨的早晨，听它一口气叫上十二三声，可见它是实在喜欢极了。

这一场大雨恐怕在乡下的穷朋友是很大的一个不幸，但是我不曾亲见，单靠想象是不中用的，所以我不去虚伪地代为悲叹了。倘若有人说这所记的只是个人的事情，于人生无益，我也承认，我本来只想说个人的私事，此外别无意思。今天太阳已经出来，傍晚可以出外去游嬉，这封信也就不再写下去了。

我本等着看你的秦游记，现在却由我先写给你看，这也可以算是"意表之外"的事罢。

十三年七月十七日，在京城书

立春以前

我很运气，诞生于前清光绪甲申季冬之立春以前。甲申这一年在中国史上不是一个好的年头儿，整三百年前流寇进北京，崇祯皇帝缢死于煤山，六十年前有马江之役，事情虽然没有怎么闹大，但是前有咸丰庚申之烧圆明园，后有光绪庚子之联军入京，四十年间四五次的外患，差不多甲申居于中间，是颇有意思的一件事。我说运气，便即因为是生于此年，尝到了国史上的好些苦味，味虽苦却也有点药的效用，这是下一辈的青年朋友所没有得到过的教训，所以遇见这些晦气也就即是运气。我既不是文人，更不会是史家，可是近三百年来的史事从杂书里涉猎得来，占据了我头脑的一隅，这往往使得我的意见不能与时事相合，自己觉得也很惶恐，可以说是给了我一种障碍，但是同时也可以说是帮助，因为我相信自己所知道的事理很不多，实在只是一部分常识，而此又正是其中之一分子，有如吃下石灰质去，既然造成了我的脊梁骨，在我自不能不加以珍重也。

其次我觉得很是运气的是，在故乡过了我的儿童时代。在辛丑年往南京当水兵去以前，一直住在家乡，虽然其间有过两年住在杭州，但是风土还是与绍兴差不多少，所以其时虽有离乡之感，其实仍与居乡无异也。本来已是破落大家，本家的景况都不大好，不过故旧的乡风还是存在，逢时逢节的行事仍旧不少，这给我留下一个很深的印象。自冬至春这一段落里，本族本房都有好些事要做，儿童们参加在内，觉得很有意思，书房放学，好吃好玩，自然也是重要的原因。这从冬至算起，祭灶，祀神，祭祖，过年拜岁，逛大街，看迎春，拜坟岁，随后跳到春分祭祠，再下去是清明扫墓了。这接连的一大串，很有点劳民伤财，从前讲崇俭的大人先生看了，已经要摇头，觉得大可不必如此铺张，如以现今物价来计算，一方豆腐四块钱，那么这糜费更是骇人听闻，幸而从前也还可以将就过去，让我在旁看学了十几年，着实给了我不少益处。简单的算来，对于鬼神与人的接待，节候之变换，风物之欣赏，人事与自然各方面之了解，都由此得到启示，我想假如那十年间关在教室里正式的上课，学问大概可以比现在多一点吧，然而这些了解恐怕要减少不少了。这一部分知识，在乡间花了很大的工夫学习来的，至今还是于我很有用处，许多岁时记与新年杂咏之类的书我也还是爱读不置。

上边所说冬季的节候之中，我现在只提出立春来说，这理由是很简单的，因为我说诞生于立春以前，而现今也正是这时节，至于今年是甲申，我又正在北京，那还是不大成为理由的理由。说到这里，我想起别的附带的一个原因，这便是我所受的古希腊人对于春的观念之影响。这里又可以分开来说，第一是希腊春祭的仪式。我涉猎杂书，看中了来若博士、哈理孙女士讲古代宗教的著作，其中有《古代艺术和仪式》一册小书，给我作希腊悲剧起原的参考，很是有用，其说明从宗教转变为艺术的过程又特别觉得有意义。话似乎又得说回去。《礼运》云："饮食男女，人之大欲存焉，死亡贫苦，人之大恶存焉。"古今中外人情都不相远，各民族宗教要求无不发生于此。哈理孙女士在《希腊神话论》的引言里说：

宗教的冲动单向着一个目的，即是生命之保存与发展。宗教用两种方法去达到这个目的，一是消极的，除去一切于生命有害的东西，一是积极的，招进一切于生命有利的东西。全世界的宗教仪式不出这两种，一是驱除的，一是招纳的。饥饿与无子是人生的最重要的敌人，这个他要设法驱逐他。食物与多子是他最大的幸福。希伯来语的福字原意即云好吃。食物与多子这是他所想要招进来的。冬天他赶出去，春夏他迎进来。

因此无论天上或地下是否已有天帝在统治着，代表生命之力的这物事在人民中间总是极被尊重，无论这是春，是地，是动植物，或是女人。西亚古文明国则以神人当之，叙利亚的亚陀尼斯，吕吉亚的亚帖斯，埃及的阿施利斯皆是，忒拉开的迭阿女索斯后起，却盛行于希腊，由此祭礼而希腊悲剧乃以发生，神人初为敌所杀，终乃复生，象征春天之去而复返，一切生命得以继续，故其礼式先号而后笑。中国人民驱邪降福之意本不后人，唯宗教情绪稍为薄弱，故无此种大规模的表示，但对于春与阳光之复归则亦深致期待，只是多表现在节候上，看不出宗教的形式与意味耳。冬至是冬天的顶点，民间于祭祖之外又特别看重，语云，冬至大如年，其前夕称为冬夜，与除夕相并，盖为其是季节转变之关捩也。立春有迎春之仪式，其意义与各民族之春祭相同，不过中国祀典照例由政府举办，民众但立于观众的地位，仪式已近于艺术化，而春官由乞丐扮演，末了有打板子脱晦气之说，则更流入滑稽，唯民间重视立春的感情也还是存在，如前一日特称之曰交春，又推排八字者定年分以立春为准则，假如生于新正而在立春之前，则仍不算是改岁。由此可知春的意义在中国也比新年为重大，老百姓念诵九九等候寒冬的过去，最后云，九九八十一，犁耙一齐出，欢喜之情如见，此盖是农业国民之常情，不分今昔者也。但是乡间又有一句俗语云，春梦如狗屁。冬夜的梦特别有效验，一过立春便尔如此，殊不可解，岂以春气发动故，乱梦颠到，遂悉虚妄不实欤。

希腊人对于春的观念我觉得喜欢的，第二是季节影响的道德观。这里恐怕没有绝对的真理，只是由环境而生的自然的结论，假如我们生在严寒酷暑，或一年一日夜的那种地方，感想当然另是一样，只有在中国或希腊，四时正确的迭代，气候平均的变化，这才感觉到它仿佛有意义，把它应用到人生上来。中国平常多讲五行，这个我很有点讨厌，但是如孔子所说，四时行焉，百物生焉，天何言哉，却觉得颇有意思，由此引伸出儒家的中庸思想来，倒也极是自然，这与希腊哲人的主张正相合，盖其所根据者亦相同也。人民看见冬寒到了尽头，渐复暖过来，觉得春天虽然死去，却总能复活，不胜欣喜，哲人则因了寒来暑往而发见盛极必衰之理，冬既极盛，春自代兴，以此应用于人生，故以节为至善，纵为大过，而以格言总之则曰勿为已甚。此在中国亦正可通用，大抵儒道二家于此意见一致，推之于民间一般莫不了解此义，由于教训之传达者半，由于环境之影响盖亦居其半也。老子曰，飘风不终朝，骤雨不终日。鄙人甚喜此语，但是此亦须以经历为本，如或山陬海隅，天象有特殊者，则将不能理会，而其主张或将相反也未可料。昔者赫洛陀多斯着《史记》，记希腊波斯之战，波斯败绩，都屈迭台斯继之，记雅典斯巴达之战，雅典败绩，在史家之意皆以为由于犯了纵肆之过，初不外波斯而内雅典，特别有什么曲笔，此种中正的态度真当得史家之父的称号，若其意见不知学者以为如何，在鄙人则觉得殊有意趣，深与鄙怀相合者也。

上边的话说的有点凌乱，但总可以说明因了家乡以及外国的影响，对于春天我保有着农业国民共通的感情。春天与其力量何如，那是青年们所关心的问题，这里不必多说，在我只是觉得老朋友又得见面的样子，是期待也是喜悦，总之这其间没有什么恋爱的关系。天文家曰，春打六九头，冬至后四十五日是立春，反正一定的。这是正话，但是春天固然自来，老百姓也只是表示他的一种希望，田家谚云，五九四十五，穷汉街头舞，是也。我不懂诗，说不清中国诗人对于春的感情如何，如有祈望春之复归说得如此深切者，甚愿得一见之，匆促无可考问，只得姑且阁起耳。

民国三十四年一月十日，甲申小寒节中

风的话

北京多风，则常想写一篇小文章讲讲它。但是一拿起笔，第一想到的便是大块噫气这些话，不觉索然兴尽，又只好将笔搁下。近日北京大刮其风，不但三日两头的刮，而且一刮往往三天不停，看看妙峰山的香市将到了，照例这半个月里是不大有什么好天气的，恐怕书桌上沙泥粒屑，一天里非得擦几回不可的日子还要暂时继续，对于风不能毫无感觉，不管是好是坏，决意写了下来。

说风的感想，重要的还是在南方，特别是小时候在绍兴所经历的为本，虽然觉得风颇有点可畏，却并没有什么可以嫌恶的地方。绍兴是水乡，到处是河港，交通全用船，道路铺的是石板，在二三十年前还是没有马路。因为这个缘故，绍兴的风也就有它的特色。这假如说是地理的，此外也有一点天文的关系。

绍兴在夏秋之间时常有一种龙风，这是在北京所没有见过的。时间大抵在午后，往往是很好的天气，忽然一朵乌云上来，霎时天色昏黑，风暴大作，在城里说不上飞沙走石，总之是竹木摧折，屋瓦整叠的揭去，哗喇喇的掉在地下，所谓把井吹出篱笆外的事情也不是没有。若是在外江内河，正坐在船里的人，那自然是危险了，不过撑篙船的老大们大概多是有经验的，他们懂得占候，会看风色，能够预先防备，受害或者不很大。龙风本不是年年常有，就是发生也只是短时间，不久即过去了，记得老子说过，"飘风不终朝，骤雨不终日，孰为此者天地，天地尚不能久，而况于人乎。"这话说得很好，此本是自然的纪律，虽然应用于人类的道德也是适合。下龙风一二等的大风却是随时多有，大中船不成问题，在小船也还不免危险。我说小船，这是指所谓踏桨船，从前在《乌篷船》那篇小文中有云：

小船则真是一叶扁舟，你坐在船底席上，篷顶离你的头有两三寸，你的两手可以搁在左右的舷上，还把手掌都露出在外边。在这种船里仿佛是在水面上坐，靠近田岸去时便和你的眼鼻接近，而且遇着风浪，或是坐得稍不小心，就会船底朝天，发生危险，但是也颇有趣味，是水乡的一种特色。

陈昼卿《海角行吟》中有诗题曰《脚桨船》，小注云："船长丈许，广三尺，坐卧容一身，一人坐船尾，以足踏桨行如飞，向惟越人用以押潮渡江，今江淮人并用之以代急足。"这里说明船的大小，可以作为补足，但还得添一句，即舟人用一桨一楫，无舵，以楫代之。船的容量虽小，但其危险却并不在这小的一点上，因为还有一种划划船，更窄而浅，没有船篷，不怕遇风倾覆，所以这小船的危险乃是因有篷而船身较高之故。在庚子的前一年，我往东浦去吊先君的保姆之丧，坐小船过大树港，适值大风，望见水面波浪如白鹅乱窜，船在浪上颠簸起落，如走游木，舟人竭力支撑，驶入汊港，始得平定，据说如再颠一刻，不倾没也将破散了。这种事情是常会有的，约十年后我的大姑母来家拜忌日，午后回吴融村去，小船遇风浪倾覆，遂以溺死。我想越人古来断发文身，入水与蛟龙斗，干惯了这些事，活在水上，死在水里，本来是觉悟的，俗语所谓瓦罐不离井上破，是也。我们这班人有的是中途从别处迁移去的，有的虽是土著，经过二千余年的岁月，未必能多少保存长颈乌喙的气象，可是在这地域内住了好久，如范少伯所说，窜沿鱼鳖之与处而蛙黾之与同渚，自然也就与水相习，养成了这一种态度。辛丑以后我在江南水师学堂做学生，前后六年不曾学过游泳，本来在鱼雷学堂的旁边有一个池，因为有两个年幼的学生不慎淹死在里边，学堂总办就把池填平了，等我进校的时候那地方已经改造了三间关帝庙，住着一个老更夫，据说是打长毛立过功的都司。我年假回乡时遇见人问，你在水师当然是会游水吧。我答说，不。为什么呢？因为我们只是在船上时有用，若是落了水就不行了，还用得着游泳么。这回答一半是滑稽，一半是实话，没有这个觉悟怎么能去坐那小船呢。

上边我说在家乡就只怕坐小船遇风，可是如今又似乎翻船并不在乎，那么这风也不甚么可畏了。其实这并不尽然。风总还是可怕的，不过水乡的人既要以船为车，就不大顾得淹死与否，所以看得不严重罢了。除此以外，风在绍兴就不见得有什么讨人嫌的地方，因为它并不扬尘，街上以至门内院子里都是石板，刮上一天风也吹不起尘上来，白天只听得邻家的淡竹林的摩戞声，夜里北面楼窗的板门格答答格的作响，表示风的力量，小时候熟习的记忆现在回想起来，倒还觉得有点有趣。后来离开家乡，在东京随后在北京居住，才感觉对于风的不喜欢。本乡三处的住宅都有板廊，夏天总是那么沙泥粒屑，便是给风刮来的，赤脚踏上去觉得很不愉快，桌子上也是如此，伸纸摊书之前非得用手摸一下不可，这种经验在北京还是继续着，所以成了习惯，就是在不刮风的日子也会这样做，北京还有那种蒙古风，仿佛与南边的所谓落黄沙相似，刮得满地满屋的黄土，这土又是特别的细，不但无孔不入，便是用本地高丽纸糊好的门窗格子也挡不住，似乎能够从那帘纹的地方穿透过去。平常大风的时候，空中呼呼有声，古人云：春风狂似虎，或者也把风声说在内，听了觉得不很愉快。

古诗有云，白杨多悲风，萧萧愁杀人。这萧萧的声音我却是欢喜，在北京所听的风声中要算是最好的。在前院的绿门外边，西边种了一棵柏树，东边种了一棵白杨，或者严格的说是青杨，如今十足过了廿五个年头，柏树才只拱把，白杨却已长得合抱了。前者是长青树，冬天看了也好看，后者每年落叶，到得春季长出成千万的碧绿大叶，整天的在摇动着，书本上说它无风自摇，其实也有微风，不过别的树叶子尚未吹动，白杨叶柄特别细，所以就颤动起来了。戊寅以前老友饼斋常来寒斋夜谈，听见墙外瑟瑟之声，辄惊问曰，下雨了吧，但不等回答，立即省悟，又为白杨所骗了。戊寅眷初饼斋下世，以后不复有深夜谈天的事，但白杨的风声还是照旧可听，从窗里望见一大片的绿叶也觉得很好看。

关于风的话现在可说的就只是这一点，大概风如不和水在一起这固无可畏，却也就没有什么意思了。

阴历三月末日

雨的感想

　　今年夏秋之间北京的雨下的不太多，虽然在田地里并不旱干，城市中也不怎么苦雨，这是很好的事。北京一年间的雨量本来颇少，可是下得很有点特别，它把全年份的三分之二强在六七八月中间落了，而七月的雨又几乎要占这三个月份总数的一半。照这个情形说来，夏秋的苦雨是很难免的。在民国十三年和二十七年，院子里的雨水上了阶沿，进到西书房里去，证实了我的苦雨斋的名称，这都是在七月中下旬，那种雨势与雨声想起来也还是很讨嫌，因此对于北京的雨我没有什么好感，像今年的雨量不多，虽是小事，但在我看来自然是很可感谢的了。

　　不过讲到雨，也不是可以一口抹杀，以为一定是可嫌恶的。这须得分别言之，与其说时令，还不如说要看地方而定。在有些地方，雨并不可嫌恶，即使不必说是可喜。囫囵的说一句南方，恐怕不能得要领，我想不如具体的说明，在到处有河流，满街是石板路的地方，雨是不觉得讨厌的，那里即使会涨大水，成水灾，也总不至于使人有苦雨之感。我的故乡在浙东的绍兴，便是这样的一个好例。在城里，每条路差不多有一条小河平行着，其结果是街道上桥很多，交通利用大小船只，民间饮食洗濯依赖河水，大家才有自用井，蓄雨水为饮料。河岸大抵高四五尺，下雨虽多尽可容纳，只有上游水发，而闸门淤塞，下流不通，成为水灾，但也是田野乡村多受其害，城里河水是不至于上岸的。因此住在城里的人遇见长雨，也总不必担心水会灌进屋子里来，因为雨水都流入河里，河固然不会得满，而水能一直流去，不至停住在院子或街上者，则又全是石板路的关系。

我们不曾听说有下水沟渠的名称，但是石板路的构造仿佛是包含有下水计划在内的，大概石板底下都用石条架着，无论多少雨水全由石缝流下，一总到河里去。人家里边的通路以及院子即所谓明堂也无不是石板，室内才用大方砖砌地，俗名曰地平。在老家里有一个长方的院子，承受南北两面楼房的雨水，即使下到四十八小时以上，也不见它停留一寸半寸的水，现在想起来觉得很是特别。秋季长雨的时候，睡在一间小楼上或是书房内，整夜的听雨声不绝，固然是一种喧嚣，却也可以说是一种萧寂，或者感觉好玩也无不可，总之不会得使人忧虑的。吾家濂溪先生有一首《夜雨书窗》的诗云：

秋风扫暑尽，半夜雨淋漓。

绕屋是芭蕉，一枕万响围。

恰似钓鱼船，篷底睡觉时。

这诗里所写的不是浙东的事，但是情景大抵近似，总之说是南方的夜雨是可以的吧。

在这里便很有一种情趣，觉得在书室听雨如睡钓鱼船中，倒是很好玩似的。下雨无论久暂，道路不会泥泞，院落不会积水，用不着什么忧虑，所有的唯一的忧虑只是怕漏。大雨急雨从瓦缝中倒灌而入，长雨则瓦都湿透了，可以浸润缘入，若屋顶破损，更不必说，所以雨中搬动面盆水桶，罗列满地，承接屋漏，是常见的事。民间故事说不怕老虎只怕漏，生出偷儿和老虎猴子的纠纷来，日本也有虎狼古屋漏的传说，可见此怕漏的心理分布得很是广远也。

下雨与交通不便本是很相关的，但在上边所说的地方也并不一定如此。一般交通既然多用船只，下雨时照样的可以行驶，不过篷窗不能推开，坐船的人看不到山水村庄的景色，或者未免气闷，但是闭窗坐听急雨打篷，如周濂溪所说，也未始不是有趣味的事。

再说舟子，他无论遇见如何的雨和雪，总只是一蓑一笠，站在后艄摇他的橹，这不要说什么诗味画趣，却是看去总毫不难看，只觉得辛劳质朴，没有车夫的那种拖泥带水之感。

还有一层，雨中水行同平常一样的平稳，不会像陆行的多危险，因为河水固然一时不能骤增，即使增涨了，如俗语所云，水涨船高，别无什么害处，其唯一可能的影响乃是桥门低了，大船难以通行，若是一人两桨的小船，还是往来自如。水行的危险盖在于遇风，春夏间往往于晴明的午后陡起风暴，中小船只在河港阔大处，又值舟子缺少经验，易于失事，若是雨则一点都不要紧也。坐船以外的交通方法还有步行。雨中步行，在一般人想来总是很困难的吧，至少也不大愉快。在铺着石板路的地方，这情形略有不同。因为是石板路的缘故，既不积水，亦不泥泞，行路困难已经几乎没有，余下的事只须防湿便好，这有雨具就可济事了。从前的人出门必带钉鞋、雨伞，即是为此，只要有了雨具，又有脚力，在雨中要走多少里都可随意，反正地面都是石板，城坊无须说了，就是乡村间其通行大道至少有一块石板宽的路可走，除非走入小路岔道，并没有泥泞难行的地方。

本来防湿的方法最好是不怕湿，赤脚穿草鞋，无往不便利平安，可是上策总难实行，常人还只好穿上钉鞋，撑了雨伞，然后安心地走到雨中去。我有过好多回这样的在大雨中间行走，到大街里去买吃食的东西，往返就要花两小时的工夫，一点都不觉得有什么困难。最讨厌的还是夏天的阵雨，出去时大雨如注，石板上一片流水，很高的钉鞋齿踏在上边，犹如低板桥一般，倒也颇有意思，可是不久云收雨散，石板上的水经太阳一晒，随即干涸，我们走回来时把钉鞋踹在石板路上嘎啷嘎啷的响，自己也觉得怪寒伧的，街头的野孩子见了又要起哄，说是旱地乌龟来了。这是夏日雨中出门的人常有的经验，或者可以说是关于钉鞋、雨伞的一件顶不愉快的事情吧。

以上是我对于雨的感想，因了今年北京夏天不大下雨而引起来的。但是我所说的地方的情形也还是民国初年的事，现今一定很有变更，至少路上石板未必保存得住，大抵已改成蹩脚的马路了吧。那么雨中步行的事便有点不行了，假如河中还可以行船，屋下水沟没有闭塞，在篷底窗下可以平安的听雨，那就已经是很可喜幸的了。

民国甲申，八月处暑节

入厕读书

郝懿行①著《晒书堂笔录》卷四有《入厕读书》一条云：

旧传有妇人笃奉佛经，虽入厕时亦讽诵不辍，后得善果而竟卒于厕，传以为戒，虽出释氏教人之言，未必可信，然亦足见污秽之区，非讽诵所宜也。《归田录》载钱思公言平生好读书，坐则读经史，卧则读小说，上厕则阅小词，谢希深亦言宋公垂每走厕必挟书以往，讽诵之声琅然闻于远近。余读而笑之，入厕脱裤，手又携卷，非惟太亵，亦苦甚忙，人即笃学，何至乃尔耶。至欧公谓希深言平生所作文章多在三上，乃马上枕上厕上也，盖

① 郝懿行，字恂九，号兰皋，山东栖霞人，清嘉庆年间进士，著有《尔雅义疏》等，编者注。

惟此尤可以属思尔，此语却妙，妙在亲切不浮也。

郝君的文章写得很有意思，但是我稍有异议，因为我是颇赞成厕上看书的。小时候听祖父说，北京的跟班有一句口诀云，老爷吃饭快，小的拉矢快，跟班的话里含有一种讨便宜的意思，恐怕也是事实。一个人上厕的时间本来难以一定，但总未必很短，而且这与吃饭不同，无论时间怎么短总觉得这是白费的，想方法要来利用它一下。如吾乡老百姓上茅坑时多顺便喝一筒旱烟，或者有人在河沿石磴下淘米洗衣，或有人挑担走过，又可以高声谈话，说这米几个铜钱一升或是到什么地方去。读书，这无非是喝旱烟的意思罢了。

话虽如此，有些地方原来也只好喝旱烟，于读书是不大相宜的。上文所说浙江某处一带沿河的茅坑，是其一。从前在南京曾经寄寓在一个湖南朋友的书店里，这位朋友姓刘，我从赵伯先那边认识了他，那年有乡试，他在花牌楼附近开了一家书店，我患病住在学堂里很不舒服，他就叫我住到他那里去，替我煮药煮粥，招呼考相公卖书，暗地还要运动革命，他的精神实在是很可佩服的。我睡在柜台里面书架子的背后，吃药喝粥都在那里，可是便所却在门外，要走出店门，走过一两家门面，一块空地的墙根的垃圾堆上。到那地方去我甚以为苦，这一半固然由于生病走不动，就是在康健时也总未必愿意去的，是其二。

民国八年夏我到日本日向去访友，住在一个名叫木城的山村里，那里的便所虽然同普通一样上边有屋顶，周围有板壁门窗，但是他同住房离开有十来丈远，孤立田间，晚间要提了灯笼去，下雨还得撑伞，而那里雨又似乎特别多，我住了五天总有四天是下雨，是其三。

末了是北京的那种茅厕，只有一个坑两垛砖头，雨淋风吹日晒全不管。去年往定州访伏园，那里的茅厕是琉球式的，人在岸上，猪在坑中，猪咕咕的叫，不习惯的人难免要害怕，哪有工夫看什么书，是其四。

《语林》云，石崇厕有绛纱帐大床，茵蓐甚丽，两婢持锦香囊，这又是太阔气了，也不适宜。其实我的意思是很简单的，只要有屋顶，有墙有窗有门，晚上可以点灯，没有电灯就点白蜡烛亦可，离住房不妨有二三十步，虽然也要用雨伞，好在北方不大下雨。如有这样的厕所，那么上厕时随意带本书去读读我想倒还是呒啥的吧。

谷崎润一郎著《摄阳随笔》中有一篇《阴翳礼赞》，第二节说到日本建筑的厕所的好处。在京都奈良的寺院里，厕所都是旧式的，阴暗而扫除清洁，设在闻得到绿叶的气味青苔的气味的草木丛中，与住房隔离，有板廊相通。

蹲在这阴暗光线之中，受着微明的纸障的反射，耽于瞑想，或望着窗外院中的景色，这种感觉真是说不出地好。他又说：

我重复地说，这里须得有某种程度的阴暗，彻底的清洁，连蚊子的呻吟声也听得清楚地寂静，都是必须的条件。我很喜欢在这样的厕所里听萧萧地下着的雨声。特别在关东的厕所，靠着地板装有细长的扫出尘土的小窗，所以那从屋檐或树叶上滴下来的雨点，洗了石灯笼的脚，润了砧脚石上的苔，幽幽地沁到土里去的雨声，更能够近身地听到。实在这厕所是宜于虫声，宜于鸟声，亦复宜于月夜，要赏识四季随时的物情之最相适的地方，恐怕古来的俳人曾从此处得到过无数的题材吧。这样看来，那么说日本建筑之中最是造得风流的是厕所，也没有什么不可。

谷崎压根儿是个诗人，所以说得那么好，或者也就有点华饰，不过这也只是在文字上，意思却是不错的。日本在近古的战国时代前后，文化的保存与创造差不多全在五山的寺院里，这使得风气一变，如由工笔的院画转为水墨的枯木竹石，建筑自然也是如此，而茶室为之代表，厕之风流化正其余波也。

佛教徒似乎对于厕所向来很是讲究。偶读大小乘戒律，觉得印度先贤十分周密地注意于人生各方面，非常佩服，即以入厕一事而论，后汉译《大比丘三千威仪》下列举"至舍后者有二十五事"，宋译《萨婆多部毗尼摩得勒伽》六自"云何下风"至"云何筹草"凡十三条，唐义净著《南海寄归内法传》二有第十八"便利之事"一章，都有详细的规定，有的是很严肃而幽默，读了忍不住五体投地。我们又看《水浒传》鲁智深做过菜头之后还可以升为净头，可见中国寺里在古时候也还是注意此事的。但是，至少在现今这总是不然了，民国十年我在西山养过半年病，住在碧云寺的十方堂里，各处走到，不见略略像样的厕所，只如在《山中杂信》五所说：

我的行踪，近来已经推广到东边的"水泉"。这地方确是还好，我于每天清早，没有游客的时候，去徜徉一会，赏鉴那山水之美。只可惜不大干净，路上很多气味，——因为陈列着许多《本草》上的所谓人中黄！我想中国真是一个奇妙的国，在那里人们不容易得着营养料，也没有办法处置他们的排泄物。

在这种情形之下，中国寺院有普通厕所已经是大好了，想去找可以瞑想或读书的地方如何可得。出家人那么拆烂污，难怪白衣矣。

但是假如有干净的厕所，上厕时看点书却还是可以的，想作文则可不必。书也无须分好经史子集，随便看看都成。我有一个常例，便是不拿善本或难懂的书去，虽然看文法书也是寻常。据我的经验，看随笔一类最好，顶不行的是小说。至于朗诵，我们现在不读八大家文，自然可以无须了。

十月

读书的经验

买到一册新刻的《汴宋竹枝词》，李于潢著，卷头有蒋湘南的一篇《李李村墓志铭》，写得诙诡而又朴实，读了很是喜欢，查《七经楼文钞》里却是没有。我看着这篇文章，想起自己读书的经验，深感到这件事之不容易，摸着门固难，而指点向人亦几乎无用。

在书房里我念过四书五经，《唐诗三百首》与《古文析义》，只算是学了识字，后来看书乃是从闲书学来，《西游记》与《水浒传》，《聊斋志异》与《阅微草堂笔记》，可以说是两大类。至于文章的好坏，思想的是非，知道一点别择，那还在其后，也不知道怎样的能够得门径，恐怕其实有些是偶然碰着的吧。即如蒋子潇，我在看见《游艺录》以前，简直不知道有这么一个人，父师的教训向来只说周程张朱，便是我爱杂览，不但道咸后的文章，即使今人著作里，也不曾告诉我蒋子潇的名字，我之因《游艺录》而爱好他，再去找《七经楼文》与《春晖阁诗》来读，想起来真是偶然。可是不料偶然又偶然，我在中国文人中又找出俞理初、袁中郎、李卓吾来，大抵是同样的机缘，虽然今人推重李卓老者不是没有，但是我所取者却非是破坏而在其建设，其可贵处是合理有情，奇辟横肆都只是外貌而已。

我从这些人里取出来的也就是这一些些，正如有取于佛菩萨与禹稷之传说，以及保守此传说精神之释子与儒家。这话有点说得远了，总之这些都是点点滴滴的集合拢来，所谓粒粒皆辛苦的，在自己看来觉得很可珍惜，同时却又深知道对于别人无甚好处，而仍不免常要饶舌，岂真敝帚自珍，殆是旧性难改乎。

外国书读得很少，不敢随便说，但取舍也总有的。在这里我也未能领解正统的名著，只是任意挑了几个，别无名人指导，差不多也就是偶然碰着，与读中国书没有什么两样。我所找着的，在文学批评是丹麦勃阑兑思，乡土研究是日本柳田国男，文化人类学是英国弗来则，性的心理是蔼理斯。这都是世界的学术大家，对于那些专门学问我不敢伸一个指头下去，可是拿他们的著作来略为涉猎，未始没有益处，只要能吸收一点进来，使自己的见识增深或推广一分也好，回过去看人生能够多少明白一点，就很满足了。

近年来时常听到一种时髦话，慨叹说中国太欧化了，我想这在服用娱乐方面或者还勉强说得，若是思想上哪里有欧化气味，所有的恐怕只是道士气、秀才气以及官气而已。想要救治，却正用得着科学精神，这本来是希腊文明的产物，不过至近代而始光大，实在也即是王仲任所谓疾虚妄的精神，也本是儒家所具有者也。我不知怎的觉得西哲如蔼理斯等的思想实在与李俞诸君还是一鼻孔出着气的，所不同的只是后者靠直觉懂得了人情物理，前者则从学理通过了来，事实虽是差不多，但更是确实，盖智慧从知识上来者其根基自深固也。这些洋书并不怎么难于消化，只须有相当的常识与虚心，如中学办得适宜，这与外国文的学力都不难习得，此外如再有读书的兴趣，这件事便已至少有了八分光了。我自己读书一直是暗中摸索，虽然后来找到一点点东西，总是事倍功半，因此常想略有陈述，贡其一得，若野芹蜇口，恐亦未免，唯有惶恐耳。

近来因为渐已懂得文章的好坏，对于自己所写的决不敢自以为好，若是里边所说的话，那又是别一问题。我从民国六年以来写白话文，近五六年写的多是读书随笔，不怪小朋友们的厌恶，我自己也戏称曰文抄公，不过说尽是那么说，写也总是写着，觉得这里边不无有些可取的东西。对于这种文章不以为非的，想起来有两个人，其一是一位外国的朋友，其二是亡友烨斋。烨斋不是他的真名字，乃是我所戏题，可是写信时也曾用过，可以算是受过默许的。他于最后见面的一次还说及，他自己觉得这样的文很有意思，虽然青年未必能解，有如他的小世兄，便以为这些都是小品文，文抄公，总是该死的。那时我说，自己并不以为怎么了不得，但总之要想说自己所能说的话，假如关于某一事物，这些话别人来写也会说的，我便不想来写。有些话自然也是颇无味的，但是如《瓜豆集》的头几篇，关于鬼神、家庭、妇女特别是娼妓问题，都有我自己的意见在，而这些意见有的就是上边所说的读书的结果，我相信这与别人不尽同，就是比我十年前的意见也更是正确。所以人家不理解，于别人不能有好处，虽然我十分承认，且以为当然，然而在同时也相信这仍是值得写，因为我终于只是一个读书人，读书所得就只这一点，如不写点下来，未免可惜。在这里我知道自己稍缺少谦虚，却也是无法。我不喜欢假话，自己不知道的都已除掉，略有所知的就不能不承认，如再谦让也即是说诳了。至于此外许多事情，我实在不大清楚，所以我总是竭诚谦虚的。

第四章

没有更上的
寂寞

最好是闲静地招呼那熹微的晨光，不
必忙乱地奔向前去，也不要对于落日忘记
感谢那曾为晨光之垂死的光明。

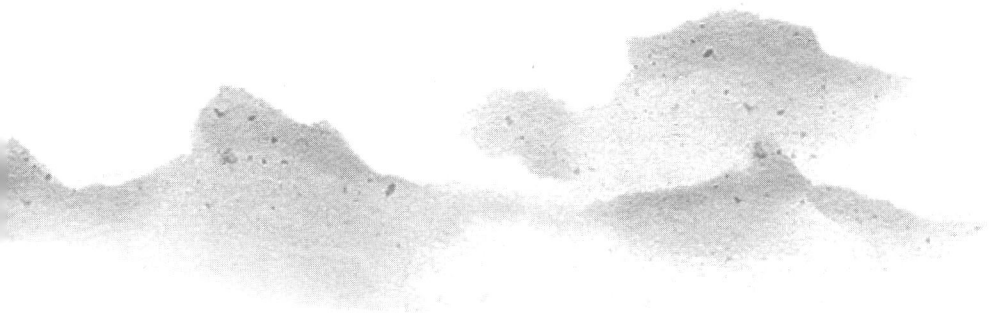

初恋

1922年9月1日刊《晨报副镌》。

那时我十四岁，她大约是十三岁吧。我跟着祖父的妾——宋姨太太寄寓在杭州的花牌楼，间壁住着一家姚姓，她便是那家的女儿。她本姓杨，住在清波门头，大约因为行三，人家都称她作三姑娘。姚家老夫妇没有子女，便认她做干女儿，一个月里有二十多天住在他们家里，宋姨太太和远邻的羊肉店石家的媳妇虽然很说得来，与姚宅的老妇却感情很坏，彼此都不交口，但是三姑娘并不管这些事，仍旧推进门来游嬉。她大抵先到楼上去，同宋姨太太搭讪一回，随后走下楼来，站在我同仆人阮升公用的一张板棹旁边，抱着名叫"三花"的一只大猫，看我映写陆润庠的木刻的字帖。

我不曾和她谈过一句话，也不曾仔细的看过她的面貌与姿态。大约我在那时已经很是近视，但是还有一层缘故，虽然非意识的对于她很是感到亲近，一面却似乎为她的光辉所掩，开不起眼来去端详她了。在此刻回想起来，仿佛是一个尖面庞，乌眼睛，瘦小身材，而且有尖小的脚的少女，并没有什么殊胜的地方，但在我的性的生活里总是第一个人，使我于自己以外感到对于别人的爱着，引起我没有明了的性的概念的，对于异性的恋慕的第一个人了。

我在那时候当然是"丑小鸭"，自己也是知道的，但是终不以此而减灭我的热情。每逢她抱着猫来看我写字，我便不自觉的振作起来，用了平常所无的努力去映写，感着一种无所希求的迷蒙的喜乐。并不问她是否爱我，或者也还不知道自己是爱着她，总之对于她的存在感到亲近喜悦，并且愿为她有所尽力，这是当时实在的心情，也是她所给我的赐物了。在她是怎样不能知道，自己的情绪大约只是淡淡的一种恋慕，始终没有想到男女关系的问题。有一天晚上，宋姨太太忽然又发表对于姚姓的憎恨，末了说道：

"阿三那小东西，也不是好货，将来总要流落到拱辰桥去做婊子的。"

我不很明白做婊子这些是什么事情，但当时听了心里想道：

"她如果真是流落做了，我必定去救她出来。"

大半年的光阴这样的消费过了。到了七八月里因为母亲生病，我便离开杭州回家去了。一个月以后，阮升告假回去，顺便到我家里，说起花牌楼的事情，说道：

"杨家的三姑娘患霍乱死了。"

我那时也很觉得不快，想象她的悲惨的死相，但同时却又似乎很是安静，仿佛心里有一块大石头已经放下了。

十一年九月

娱

园①

1923年3月28日刊《晨报副镌》。

有三处地方，在我都是可以怀念的——因为恋爱的缘故。第一是《初恋》里说过了的杭州，其二是故乡城外的娱园。

---

① 1923年3、4月间，周作人有一回突然而至的感情的波澜：除写作本文外，还写了三首情诗：《饮酒》（1923年3月12日作，收《过去的生命》）、《高楼》、《她们》（1923年4月5日作，收《过去的生命》）。在《她们》中，他这样写道："我有过三个恋人。虽然她们都不知道。她们无意地却给了我许多：有的教我爱恋，有的教我妒忌，我都感谢她们，谢她给我这苦甜的杯。她未嫁而死，她既嫁而死，她不知流落在什么地方，我无心去再找她了。养活在我的心窝里，三个恋人的她却还是健在，她的照相在母亲那里，我不敢去要了来看。她俩的面庞都忘记了，只留下一个朦胧的姿态，但是这朦胧的却最牵引我的情思。我愈是记不清了，我也就愈不能忘记她了。"诗里所说"未嫁而死"的"她"即《初恋》里的杨三姑，"既嫁而死"的"她"即本文中的平表姊，"不知流落在什么地方"的"她"则是周作人留学日本时居住的伏见馆主人的妹妹乾荣子。

娱园是"皋社"诗人秦秋渔的别业，但是连在住宅的后面，所以平常只称作花园。这个园据王眉叔的《娱园记》说，是"在水石庄，枕碧湖，带平林，广约顷许。曲构云综，疏筑花幕。竹高出墙，树古当户。离离蔚蔚，号为胜区"。园筑于咸丰丁巳（一八五七年），我初到那里是在光绪甲午，已在四十年后，遍地都长了荒草，不能想见当时"秋夜联吟"的风趣了。园的左偏有一处名叫潭水山房，记中称它"方池湛然，帘户静镜，花水孕縠，笋石恒蓝"的便是。《娱园诗存》卷三中有诸人题词，樊樊山的《望江南》云：

冰谷净，山里钓人居。花覆书床偎瘦鹤，波摇琴幌散文鱼：水竹夜窗虚。

陶子缜的一首云：

橙潭莹，明瑟敞幽房。茶火瓶罏山蛎洞，柳丝泉筑水凫床：古帧写秋光。

这些文字的费解虽然不亚于公府所常发表的骈体电文，但因此总可约略想见它的幽雅了。我们所见只是废墟，但也觉得非常有趣，儿童的感觉原自要比大人新鲜，而且在故乡少有这样游乐之地，也是一个原因。

娱园主人是我的舅父①的丈人，舅父晚年寓居秦氏的西厢，所以我们常有游娱园的机会。秦氏的西邻是沈姓，大约因为风水的关系，大门是偏向的，近地都称作"歪摆台门"。据说是明人沈青霞的嫡裔，但是也已很是衰颓，我们曾经去拜访他的主人，乃是一个二十岁左右的青年，跛着一足，在厅房聚集了七八个学童，教他们读《千家诗》。娱园主人的儿子那时是秦氏的家主，却因吸烟终日高卧，我们到傍晚去找他，请他画家传的梅花，可惜他现在早已死去了。

忘记了是哪一年，不过总是庚子以前的事吧。那时舅父的独子娶亲（神安他们的魂魄，因为夫妇不久都去世了），中表都聚在一处，凡男的十四人，女的七人。其中有一个人和我是同年同月生的，我称她为姊②，她也称我为兄，我本是一只"丑小鸭"，没有一个人注意的，所以我隐秘的怀抱着的对于她的情意，当然只是单面的，而且我知道她自小许给人家了，不容再有非分之想，但总感着固执的牵引，此刻想起来，倒似乎颇有中古诗人（troubadour）的余风了。当时我们住在留鹤盦里，她们住

---

① 这是周作人的大舅父鲁伯堂（？—1902）秀才，终生闲居在家。

② 周作人二姨父郦拜卿的女儿郦水平，周作人称"平表姊"，曾过继给周作人母亲做女儿，后嫁给车耕南，夫妻感情不和，因流产出血过多，终成痼疾，却拒绝就医，郁郁而死。

在楼上。白天里她们不在房里的时候，我们几个较为年少的人便乘虚内犯走上楼去掠夺东西吃。有一次大家在楼上跳闹，我仿佛无意似的拿起她的一件雪青纺绸衫穿了跳舞起来，她的一个兄弟也一同闹着，不曾看出什么破绽来，是我很得意的一件事。后来读木下垄太郎的《食后之歌》，看到一首《绛绢里》不禁又引起我的感触。

> 到龛上去取笔去，
>
> 钻过晾着的冬衣底下，
>
> 触着了女衫的袖子。
>
> 说不出的心里的扰乱，
>
> "呀"的缩头下来：
>
> 南无，神佛也未必见罪罢，
>
> 因为这已是故人的遗协了。

在南京的时代，虽然在日记上写了许多感伤的话（随后又都剪去，所以现在记不起它的内容了），但是始终没有想及婚嫁的关系。在外边漂流了十二年之后，回到故乡，我们有了儿女，她也早已出嫁，而且抱着痼疾，已经与死当面立着了，以后相见了几回，我又复出门，她不久就平安过去。至今她只有一张早年的照相在母亲那里，因她后来自己说是母亲的义女，虽然没有正式的仪节。

　　自从舅父全家亡故之后，二十年没有再到娱园的机会，想比以前必更荒废了。但是她的影象总是隐约的留在我脑底，为我心中的火焰（fiammetta）的余光所映照着。

十二年三月

故乡的回顾

　　这回我终于要离开故乡了。我第一次离开家乡，是在我十三岁的时候，到杭州去居住，从丁酉正月到戊戌的秋天，共有一年半。第二次那时是十八岁，往南京进学堂去，从辛丑秋天到丙午夏天，共有五年，但那是每年回家，有时还住得很久。第三次是往日本东京，却从丙午秋天一直至辛亥年的夏天，这才回到绍兴去的。现在第四次了，在绍兴停留了前后七个年头，终于在丁巳（一九一七）年的三月，到北京来教书，其时我正是三十三岁。这一来却不觉已经有四十几年了。总计我居乡的岁月，一裹脑儿的算起来还不过二十四年，住在他乡的倒有五十年以上，所以说对于绍兴有怎么深厚的感情与了解，那似乎是不很可靠的。但是因为从小生长在那里，小时候的事情多少不容易忘记，因此比起别的地方来，总觉得很有些可以留恋之处。那么我对于绍兴是怎么样呢？有如古人所说，"维桑与梓，必恭敬止"，便是对于故乡的事物，须得尊敬。或者如《会稽郡故书杂集》序文里所说，"序述名德，著其贤能，记注陵泉，传其典实，使后人穆然有思古之情，"那也说得太高了，似乎未能做到。现在且只具体的说来看：

第一是对于天时，没有什么好感可说的。绍兴天气不见得比别处不好，只是夏天气候太潮湿，所以气温一到了三十度，便觉得燠闷不堪，每到夏天，便是大人也要长上一身的痱子，而且蚊子众多，成天的绕着身子飞鸣，仿佛是在蚊子堆里过日子，不是很愉快的事。冬天又特别的冷，这其实是并不冷，只看河水不冻，许多花木如石榴、柑橘、桂花之类，都可以在地下种着，不必盆栽放在屋里，便可知道，但因为屋宇的构造全是为防潮湿而做的，椽子中间和窗门都留有空隙，而且就是下雪天门窗也不关闭，室内的温度与外边一样，所以手足都生冻疮。我在来北京以前，在绍兴过了六个冬天，每年要生一次，至今已过了四十五年了，可是脚后跟上的冻疮痕迹还是存在。

再说地理，那是"千岩竞秀，万壑争流"的名胜地方，但是所谓名胜多是很无聊的，这也不单是绍兴为然，本没有什么好，实在倒是整个的风景，便是这千岩万壑并作一起去看，正是名胜的所在。李越缦念念不忘越中湖塘之胜，在他的几篇赋里，总把环境说上一大篇，至今读起来还觉得很有趣味，正可以说是很能写这种情趣的。至于说到人物，古代很是长远，所以遗留下有些可以佩服的人，但是现代才只是几十年。眼前所见的就是这些人，古语有云，先知不见重于故乡，何况更是凡人呢？绍兴人在北京，很为本地人所讨厌，或者在别处也是如此，我因为是绍兴人，深知道这种情形，但是细想自己也不能免。实属没法子，唯若是叫我去恭维那样的绍兴人，则我唯有如《望越篇》里所说，"撒灰散顶"，自己诅咒而已。

对于天地与人既然都碰了壁，那么留下来的只有"物"了。鲁迅于一九二七年写《朝花夕拾》的小引里，有一节道：

我有一时，曾经屡次忆起儿时在故乡所吃的蔬果，菱角，罗汉豆，茭白，香瓜。凡这些，都是极其鲜美可口的，都曾是使我思乡的蛊惑。后来，我在久别之后尝到了，也不过如此，惟独在记忆上，还有旧来的意味留存。他们也许要哄骗我一生，使我时时反顾。

这是他四十六岁所说的话，虽然已经过了三十多年的岁月，我想也可以借来应用，不过哄骗我的程度或者要差一点了。李越缦在《城西老屋赋》里有一段说吃食的道：

若夫门外之事，市声沓罢。杂剪张与酒赵，亦织篚而吹箫。东邻鱼市，罟师所朝。鲂鲤鲢鳊，泽国之饶。鲫阔论尺，鳖铦若刀。鳗鳝虾鳖，稻蟹巨螯。届日午而溅集，呴腥沫而若潮。西邻菜佣，瓜茹果鲍。蹲鸱芦菔，髯颐菰苳。绿压村担，紫分野舠。葱韭蒜薤，日充我庖。值夜分之群息，乃谐价以杂嘈。

罗列名物，迤逦写来，比王梅溪的《会稽三赋》的志物的一节尤其有趣。但是引诱我去追忆过去的，还不是这些，却是更其琐屑的也更是不值钱的，那些小孩儿所吃的夜糖和炙糕。一九三八年二月我曾作《卖糖》一文写这事情，后来收在《药味集》里，自己觉得颇有意义。后来写《往昔》三十首，在五续之四云：

往昔幼小时，吾爱炙糕担。夕阳下长街，门外闻呼唤。竹笼架熬盘，瓦钵炽白炭。上炙黄米糕，一钱买一片。麻餈值四文，豆沙裹作馅。年糕如水晶，上有桂花糁。品物虽不多，大抵甜且暖。儿童围作圈，探囊竞买啖，亦有贫家儿，衔指倚门看。所缺一文钱，无奈英雄汉。

题目便是《炙糕担》。又作《儿童杂事诗》三编，其丙编之二二是咏果饵的，诗云：

儿曹应得念文长，解道敲锣卖夜糖，想见当年立门口，茄脯梅饼遍亲尝。

注有云：

小儿所食圆糖，名为夜糖，不知何义，徐文长诗中已有之。

详见《药味集》的那篇《卖糖》小文中。这里也有凑巧，那徐文长正是绍兴人，他的书画和诗向来是很有名的。

西山小品

一　一个乡民的死

我住着的房屋后面，广阔的院子中间，有一座罗汉堂。它的左边略低的地方是寺里的厨房，因为此外还有好几个别的厨房，所以特别称它作大厨房。从这里穿过，出了板门，便可以走出山上。浅的溪坑底里的一点泉水，沿着寺流下来，经过板门的前面。溪上架着一座板桥。桥边有两三棵大树，成了凉棚，便是正午也很凉快，马夫和乡民们常常坐在这树下的石头上，谈天休息着。我也朝晚常去散步。适值小学校的暑假，丰一①到山里来，

---

① 丰一，周作人的长子，1912年生（时周作人廿八岁），原取名丰九，后改名丰一，号之获。

住了两礼拜，我们大抵同去，到溪坑底里去捡圆的小石头，或者立在桥上，看着溪水的流动。马夫的许多驴马中间，也有带着小驴的母驴，丰一最爱去看那小小的可爱而且又有点呆相的很长的脸。

大厨房里一总有多少人，我不甚了然。只是从那里出入的时候，在有一匹马转磨的房间的一角里，坐在大木箱的旁边，用脚踏着一枝棒，使箱内扑扑作响的一个男人，却常常见到。丰一教我道，那是寺里养那两匹马的人，现在是在那里把马所磨的麦的皮和粉分做两处呢。他大约时常独自去看寺里的马，所以和那男人很熟习，有时候还叫他，问他各种小孩子气的话。

这是旧历的中元那一天。给我做饭的人走来对我这样说，大厨房里有一个病人很沉重了。一个月以前还没有什么，时时看见他出去买东西。旧历六月底说有点不好，到十多里外的青龙桥地方，找中医去看病。但是没有效验，这两三天倒在床上，已经起不来了。今天在寺里作工的木匠把旧板拼合起来，给他做棺材。这病好像是肺病。在他床边的一座现已不用了的旧灶里，吐了许多的痰，满灶都是苍蝇。他说了又劝告我，往山上去须得走过那间房的旁边，所以现在不如暂时不去的好。

我听了略有点不舒服。便到大殿前面去散步，觉得并没有想上山去的意思，至今也还没有去过。

这天晚上寺里有焰口施食。方丈和别的两个和尚念咒，方丈的徒弟敲钟鼓。我也想去一看，但又觉得麻烦，终于中止了，早早的上床睡了。半夜里忽然醒过来，听见什么地方有铙钹的声音，心里想道，现在正是送鬼，那么施食也将完了罢，以后随即睡着了。

早饭吃了之后，做饭的人又来通知，那个人终于在清早死掉了。他又附加一句道：

"他好像是等着棺材的做成呢。"

怎样的一个人呢？或者我曾经见过也未可知，但是现在不能知道了。

他是个独身，似乎没有什么亲戚。由寺里给他收拾了，便在上午在山门外马路旁的田里葬了完事。

在各种的店里，留下了好些的欠账。面店里便有一元余，油酱店一处大约将近四元。

店里的人听见他死了，立刻从账簿上把这一页撕下烧了，而且又拿了纸钱来，烧给死人。

木匠的头儿买了五角钱的纸钱烧了。住在山门外低的小屋里的老婆子们，也有拿了一点点的纸钱来吊他的。我听了这话，像平常一样的，说这是迷信，笑着将他抹杀的勇气，也没有了。

一九二一年八月三十日作

二　卖汽水的人

　　我的间壁有一个卖汽水的人。在般若堂院子里左边的一角，有两间房屋，一间作为我的厨房，里边的一间便是那卖汽水的人住着。

　　一到夏天，来游西山的人很多，汽水也生意很好。从汽水厂用一块钱一打去贩来，很贵的卖给客人。倘若有点认识，或是善于还价的人，一瓶两角钱也就够了，否则要卖三四角不等。礼拜日游客多的时候，可以卖到十五六元，一天里差不多有十元的利益。

　　这个卖汽水的掌柜本来是一个开着煤铺的泥水匠，有一天到寺里来作工，忽然想到在这里来卖汽水，生意一定不错，于是开张起来。自己因为店务及工作很忙碌，所以用了一个伙计替他看守，他不过偶然过来巡阅一口罢了。伙计本是没有工钱的，伙食和必要的零用，由掌柜供给。

　　我到此地来了以后，伙计也换了好几个了，近来在这里的是，一个姓秦的二十岁上下的少年，体格很好，微黑的圆脸，略略觉得有点狡狯，但也有天真烂漫的地方。

　　卖汽水的地方是在塔下，普通称作塔院。寺的后边的广场当中，筑起一座几十丈高的方台，上面又竖着五枝石塔，所谓塔院便是这高台的上边。从我的住房到塔院底下，也须走过五六十级的台阶，但是分作四五段，所以还可以上去，至于塔院的台阶总有二百多级，而且很峻急，看了也要目眩，心想这一定是不行罢，没有一回想到要上去过。

塔院下面有许多大树，很是凉快，时常同了丰一，到那里看石碑，随便散步。

有一天，正在碑亭外走着，秦也从底下上来了。一只长圆形的柳条篮套在左腕上，右手拿着一串连着枝叶的樱桃似的果实。见了丰一，他突然伸出那只手，大声说道：

"这个送你。"丰一跳着走去，也大声问道：

"这是什么？"

"郁李。"

"哪里拿来的？"

"你不用管。你拿去好了。"他说着，在狡狯似的脸上现出亲和的微笑，将果实交给丰一了。他嘴里动着，好像正吃着这果实。我们拣了一颗红的吃了，有李子的气味，却是很酸。丰一还想问他什么话，秦已经跳到台阶底下，说着"一二三"，便两三级当作一步，走了上去，不久就进了塔院第一个的石的穹门，随即不见了。

这已经是半月以前的事情了。丰一因为学校将要开始，也回到家里去了。

昨天的上午，掌柜的侄子飘然的来了。他突然对秦说，要收店了，叫他明天早上回去。这事情大鹘突，大家都觉得奇怪，后来仔细一打听，才知道因为掌柜知道了秦的作弊，派他的侄子来查办的。三四角钱卖掉的汽水，都登了两角的账，余下的都没收了存放在一个和尚那里，这件事情不知道有谁用了电话告诉了掌柜了。侄子来了之后，不知道又在哪里打听了许多话，说秦买怎样的好东西吃，半个月里吸了几盒的香烟，于是证据确凿，终于决定把他赶走了。

秦自然不愿意出去，非常的颓唐，说了许多辩解，但是没有效。到了今天早上，平常起的很早的秦还是睡着，侄子把他叫醒，他说是头痛，不肯起来。然而这也是无益的了，不到三十分钟的工夫，秦悄然的出了般若堂去了。

我正在有那大的黑铜的弥勒菩萨坐着的门外散步。秦从我的前面走过，肩上搭着被囊，一边的手里提了盛着一点点的日用品的那一只柳条篮。从对面来的一个寺里的佃户见了他问道：

"哪里去呢？"

"回北京去！"他用了高兴的声音回答，故意的想隐藏过他的忧郁的心情。

我觉得非常的寂寥。那时在塔院下所见的浮着亲和的微笑的狡狯似的面貌，不觉又清清楚楚的再现在我的心眼的前面了。我立住了，暂时望着他彳亍的走下那长的石阶去的寂寞的后影。

八月三十日在西山碧云寺

这两篇小品是今年秋天在西山时所作，寄给几个日本的朋友所办的杂志《生长的星之群》，登在一卷九号上，现在又译成中国语，发表一回。虽然是我自己的著作，但是此刻重写，实在只是译的气氛，不是作的气氛。中间隔了一段时光，本人的心情已经前后不同，再也不能唤回那时的情调了。所以我一句一句的写，只是从别一张纸上誊录过来，并不是从心中沸涌而出，而且选字造句等等翻译上的困难也一样的围困着我。

这一层虽然不能当作文章拙劣的辩解，或者却可以当作它的说明。

一九二一年十二月十五日附记

镜花缘

1923年3月31日刊《晨报》副刊。

我的祖父是光绪初年的翰林，在二十年前已经故去了，他不曾听到国语文学这些名称，但是他的教育法却很特别。他当然仍教子弟做诗文，唯第一步的方法是教人自由读书，尤其是奖励读小说，以为最能使人"通"，等到通了之后，再弄别的东西便无所不可了。他所保举的小说，是《西游记》、《镜花缘》、《儒林外史》这几种，这也就是我最初所读的书（以前也曾念过"四子全书"，不过那只是"念"罢了。）。

我幼年时候所最喜欢的是《镜花缘》。林之洋的冒险，大家都是赏识的，但是我所爱的是多九公，因为他能识得一切的奇事和异物。对于神异故事之原始的要求，长在我们的血脉里，所以

《山海经》、《十洲记》、《博物志》之类千余年前的著作，在现代人的心里仍有一种新鲜的引力：九头的鸟，一足的牛，实在是荒唐无稽的话，但又是怎样的愉快呵。《镜花缘》中飘海的一部分，就是这些分子的近代化，我想凡是能够理解希腊史诗《阿迭绥亚》的趣味的，当能赏识这荒唐的故事。

有人要说，这些荒唐的话即是诳话。我当然承认。但我要说明，以欺诈的目的而为不实之陈述者才算是可责，单纯的——为说诳而说的诳话，至少在艺术上面，没有是非之可言。向来大家都说小孩喜说诳话是作贼的始基，现代的研究才知道并不如此。小孩的谈话大都是空想的表现，可以说是艺术的创造；他说我今天看见一条有角的红蛇，决不是想因此行诈得到什么利益，实在只是创作力的活动，用了平常的材料，组成特异的事物，以自娱乐。叙述自己想象的产物，与叙述现世的实生活是同一的真实，因为经验并不限于官能的一方面。我们要小孩诚实，但这当推广到使他并诚实于自己的空想。诳话的坏处在于欺蒙他人；单纯的诳话则只是欺蒙自己，他人也可以被欺蒙——不过被欺蒙到梦幻的美里去，这当然不能算是什么坏处了。

王尔德有一篇对话，名 *The Decay of Lying*（《说诳的衰颓》），很叹息于艺术的堕落。《狱中记》译者的序论里把 lying 译作"架空"，仿佛是忌避说诳这一个字（日本也是如此），其实有什么要紧。王尔德哪里会有忌讳呢？他说文艺上所重要者是"讲美的而实际上又没有的事"，这就是说诳。但是他虽然这样说，实行上却还不及他的同乡丹绥尼；"这世界在歌者看来，是为了梦想者而造的"，正是极妙的赞语。科伦（P. Colum）在丹绥尼的《梦想者的故事》的序上说：

他正如这样的一个人，走到猎人的寓居里，说道，你们看这月亮很奇怪，我将告诉你，月亮是怎样做的，又为什么而做的。既然告诉他们月亮的事情之后，他又接续着讲在树林那边的奇异的都市和在独角兽的角里的珍宝。倘若别人责他专讲梦想与空想给人听，他将回答说，我是在养活他们的惊异的精神，惊异在人是神圣的。

我们在他的著作里，几乎不能发见一点社会的思想。但是，却有一个在那里，这便是一种对于减缩人们想象力的一切事物——对于凡俗的都市，对于商业的实利，对于从物质的组织所发生的文化之严厉的敌视。

梦想是永远不死的。在恋爱中的青年与在黄昏下的老人都有他的梦想，虽然她们的颜色不同。人之子有时或者要反叛她，但终究还回到她的怀中来。我们读王尔德的童话，赏识他种种好处，但是《幸福的王子》和《渔夫与其魂》里的叙述异景总要算是最美之一了。我对于《镜花缘》，因此很爱他那飘洋的记述。我也爱《呆子伊凡》或《麦加尔的梦》，然而我或者更幼稚地爱希腊神话。

记得《聊斋志异》卷头有一句诗道："姑妄言之姑听之。"这是极妙的话。《西游记》、《封神榜》以及别的荒唐的话（无聊的模拟除外），在这一点上自有特别的趣味，不过这也是对于所谓受戒者（the initiated）而言，不是一般的说法，更非所论于那些心思已入了牛角弯的人们。他们非用纪限仪显微镜来测看艺术，便对着画钟馗供香华灯烛：在他们看来，则《镜花缘》若不是可恶的妄语必是一部信史了。

一九二三年四月

不倒翁

不倒翁是很好的一种玩具，不知道为什么在中国不很发达。这物事在唐朝就有，用作劝酒的东西。名为"酒胡子"，大约是作为胡人的样子，唐朝是诸民族混合的时代，所以或者很滑稽的表现也说不定。三十年前曾在北京古董店看到一个陶俑，有北朝的一个胡奴像，坐在地上弹琵琶，同生人一样大小。这是一个例子，可见在六朝以后，胡人是家庭中常见的。这酒胡子有多么大，现在不知道了，也不知道怎样用法，我们只从元微之的诗里，可以约略晓得罢了："遣闷多凭酒，公心只仰胡，挺身惟直指，无意独欺愚。"这办法传到宋朝，《墨庄漫录》记之曰："饮席刻木为人而锐其下，置之盘中左右欹侧，傲傲然如舞状，力尽乃倒，视其传筹所至，酹之以杯，谓之劝酒胡。"这劝酒胡是终于跌倒的——不过一时不容易倒——所以与后来的做法不尽相同；但于跌倒之前要利用它的重心，左右欹侧，这又同后来是相近的了。做成"不倒翁"以后，辈分是长了，可是似乎代表圆滑取巧的作风，它不给人以好印象，到后来与儿童也渐益疏远了。名称改为"扳不倒"，方言叫做"勃弗倒"，勃字写作正反两个"或"字在一起，难写得很，也很难有铅字，所以从略。

　　不倒翁在日本的时运要好得多了。当初名叫"起来的小和尚"，就很好玩。在日本狂言里便已说及，"狂言"系是一种小喜剧，盛行于十二三世纪，与中国南宋相当。后来通称"达摩"，因画作粗眉大眼，身穿绯衣，兜住了两脚，正是"面壁九年"的光景。这位达摩大师来至中国，建立禅宗，在思想史上确有重大关系，但与一般民众和妇孺，却没有什么情分。在日本，一说及达摩，真是人人皆知，草木虫鱼都有以他为名的，有形似的达摩船，女人有达摩髻，从背上脱去外套叫做"剥达摩"！眼睛光溜溜的达摩，又是儿童多么热爱的玩具呀！达摩的"跌跏而坐"的坐法，特别也与日本相近，要换别的东西上去很容易，这又使"达摩"变化成多样的模型。从达摩一变而成"女达摩"，这仿佛是从"女菩萨"化出来的，又从女达摩一变而化作儿童，便是很顺当的事情了。名称虽是"达摩"，男的女的都可以有，随后变成儿童，就是这个缘故。日本东北地方寒冷，冬天多用草囤安放小孩，形式略同"猫狗窝"相似，小孩坐在里边，很是温暖；尝见鹤冈地方制作这一种"不倒翁"，下半部是土制的，上半部小孩的脸同衣服，系用洋娃娃的材料制成。这倒很有一种地方色彩。

不倒翁本来是上好的发明，就只是没有充分的利用，中国人随后"垂脚而坐"的风气，也不大好用它。但是，这总值得考虑，怎样来重新使用这个发明，丰富我们玩具的遗产；问题只须离开成人，不再从左右摇摆去着想，只当他作小孩子看待，一定会得看出新的美来的吧。

沉默

1924年7月23日刊《晨报副镌》。

林语堂先生说，法国一位演说家劝人缄默，成书三十卷，为世所笑，所以我现在做讲沉默的文章，想竭力节省，以原稿纸三张为度。

提倡沉默从宗教方面讲来，大约很有材料，神秘主义里很看重沉默，美忒林克便有一篇极妙的文章。但是我并不想这样做，不仅因为怕有拥护宗教的嫌疑，实在是没有这种知识与才力。现在只就人情世故上着眼说一说罢。

沉默的好处第一是省力。中国人说，多说话伤气，多写字伤神。不说话不写字大约是长生之基，不过平常人总不易做到。那么一时的沉默也就很好，于我们大有裨益。三十小时草成一篇宏文，连睡觉的时光都没有，第三天必要头痛；演说家在讲台上呼号两点钟，难免口干喉痛，不值得甚矣。若沉默，则可无此种劳苦——虽然也得不到名声。

沉默的第二个好处是省事。古人说："口是祸门。"关上门，贴上封条，祸便无从发生（"闭门家里坐，祸从天上来"，那只算是"空气传染"，又当别论），此其利一。自己想说服别人，或是有所辩解，照例是没有什么影响，而且愈说愈是渺茫，不如及早沉默，虽然不能因此而说服或辩明，但至少是不会增添误会。又或别人有所陈说，在这方面也照例不很能理解，极不容易答复，这时候沉默是适当的办法之一。古人说不言是最大的理解，这句话或者有深奥的道理，据我想则在我至少可以藏过不理解，而在他也就可以有猜想被理解了之自由。沉默之好处的好处，此其二。

善良的读者们，不要以为我太玩世（cynical）了罢？老实说，我觉得人之互相理解是至难——即使不是不可能的事，而表现自己之真实的感情思想也是同样地难。我们说话作文，听别人的话，读别人的文，以为互相理解了，这是一个聊以自娱的如意的好梦，好到连自己觉到了的时候也还不肯立即承认，知道是梦了却还想在梦境中多流连一刻。其实我们这样说话作文无非只是想这样做，想这样聊以自娱，如其觉得没有什么可娱，那么尽可简单地停止。我们在门外草地上翻几个筋斗，想象那对面高楼上的美人看看（明知她未必看见），很是高兴，是一种办法；反正她不会看见，不翻筋斗了，且卧在草地上看云罢，这也是一种办法。两种都是对的，我这回是在做第二个题目罢了。

我是喜翻筋头的人，虽然自己知道翻得不好。但这也只是不巧妙罢了，未必有什么害处，足为世道人心之忧。不过自己的评语总是不大靠得住的，所以在许多知识阶级的道学家看来，我的筋斗都翻得有点不道德，不是这种姿势足以坏乱风俗，便是这个主意近于妨害治安。这种情形在中国可以说是意表之内的事，我们也并不想因此而变更态度，但如民间这种倾向到了某一程度，翻筋斗的人至少也应有想到省力的时候了。

三张纸已将写满，这篇文应该结束了。我费了三张纸来提倡沉默，因为这是对于现在中国的适当办法。——然而这原来只是两种办法之一，有时也可以择取另一办法：高兴的时候弄点小把戏，"藉资排遣"。将来别处看有什么机缘，再来噪聒，也未可知。

一九二四年七月二十日

死之默想

1924年12月22日刊《语丝》6期。

四世纪时希腊厌世诗人巴拉达思作有一首小诗道：

（Polla laleis，anthrope—Palladas）
你太饶舌了，人呵，不久将睡在地下；
住口罢，你生存时且思索那死。

这是很有意思的话。关于死的问题，我无事时也曾默想过
（但不坐在树下，大抵是在车上），可是想不出什么来，——这
或者因为我是个"乐天的诗人"的缘故吧。但其实我何尝一定崇
拜死，有如曹慕管君，不过我不很能够感到死之神秘，所以不

觉得有思索十日十夜之必要，于形而上的方面也就不能有所饶舌了。

窃察世人怕死的原因，自有种种不同，"以愚观之"可以定为三项，其一是怕死时的苦痛，其二是舍不得人世的快乐，其三是顾虑家族。苦痛比死还可怕，这是实在的事情。十多年前有一个远房的伯母，十分困苦，在十二月底想投河寻死（我们乡间的河是经冬不冻的），但是投了下去，她随即走了上来，说是因为水太冷了。有些人要笑她痴也未可知，但这却是真实的人情。倘若有人能够切实保证，诚如某生物学家所说，被猛兽咬死痒苏苏地很是愉快，我想一定有许多人裹粮入山去投身饲饿虎的了。可惜这一层不能担保，有些对于别项已无留恋的人因此也就不得不稍为踌躇了。

顾虑家族，大约是怕死的原因中之较小者，因为这还有救治的方法。将来如有一日，社会制度稍加改良，除施行善种的节制以外，大家不同老幼可以各尽所能，各取所需，凡平常衣食住，医药教育，均由公给，此上更好的享受再由个人的努力去取得，那么这种顾虑就可以不要，便是夜梦也一定平安得多了。不过我所说的原是空想，实现还不知在几十百千年之后，而且到底未必实现也说不定，那么也终是远水不救近火，没有什么用处。比较确实的办法还是设法发财，也可以救济这个忧虑。为得安闲的死而求发财，倒是很高雅的俗事，只是发财不大容易，不是我们都能做的事，况且天下之富人有了钱便反死不去，则此亦颇有危险也。

人世的快乐自然是很可贪恋的，但这似乎只在青年男女才深切的感到，像我们将近"不惑"的人，尝过了凡人的苦乐，此外别无想做皇帝的野心，也就不觉得还有舍不得的快乐。我现在的快乐只是想在闲时喝一杯清茶，看点新书（虽然近来因为政府替我们储蓄，手头只有买茶的钱），无论他是讲虫鸟的歌唱，或是记贤哲的思想，古今的刻绘，都足以使我感到人生的欣幸。然而朋友来谈天的时候，也就放下书卷，何况"无私神女"（Atropos）的命令呢？我们看路上许多乞丐，都已没有生人乐趣，却是苦苦的要活着，可见快乐未必是怕死的重大原因：或者舍不得人世的苦辛也足以叫人留恋这个尘世罢。讲到他们，实在已是了无牵挂，大可"来去自由"，实际却不能如此，倘若不是为了上边所说的原因，一定是因为怕河水比彻骨的北风更冷的缘故了。

对于"不死"的问题，又有什么意见呢？因为少年时当过五六年的水兵，头脑中多少受了唯物论的影响，总觉得造不起"不死"这个观念来，虽然我很喜欢听荒唐的神话。即使照神话故事所讲，那种长生不老的生活我也一点儿都不喜欢。住在冷冰冰的金门玉阶的屋里，吃着五香牛肉一类的麟肝凤脯，天天游手好闲，不在松树下着棋，便同金童玉女厮混，也不见得有什么趣味，况且永远如此，更是单调而且困倦了。又听人说，仙家的时间是与凡人不同的，诗云"山中方七日，世上已千年"，所以烂柯山下的六十年在棋边只是半个时辰耳，哪里会有日子太长之感呢？

但是由我看来，仙人活了二百万岁也只抵得人间的四十春秋，这样浪费时间无稗实际的生活，殊不值得费尽了心机去求得他；倘若二百万年后劫波到来，就此溘然，将被五十岁的凡夫所笑。较好一点的还是那西方凤鸟（phoinix）的办法，活上五百年，便尔蜕去，化为幼凤，这样的轮回倒很好玩的，——可惜他们是只此一家，别人不能仿作。大约我们还只好在这被容许的时光中，就这平凡的境地中，寻得些须的安闲悦乐，即是无上幸福：至于"死后，如何？"的问题，乃是神秘派诗人的领域，我们平凡人对于成仙做鬼都不关心，于此自然就没有什么兴趣了。

十三年十二月

第四章 没有更上的寂寞

177

自己的园地

一百五十年前，法国的福禄特尔做了一本小说《亢迭特》（*Candide*），叙述人世的苦难，嘲笑"全舌博士"的乐天哲学。亢迭特与他的老师全舌博士经了许多忧患，终于在土耳其的一角里住下，种园过活，才能得到安住。亢迭特对于全舌博士的始终不渝的乐天说，下结论道，"这些都是很好，但我们还不如去耕种自己的园地。"这句格言现在已经是"脍炙人口"，意思也很明白，不必再等我下什么注脚。但是现在把他抄来，却有一点别的意义。所谓自己的园地，本来是范围很宽，并不限定于某一种：种果蔬也罢，种药材也罢，——种蔷薇地丁也罢，只要本了他个人的自觉，在人认的不论大小的地面上，用了力量去耕种，便都是尽了他的天职了。在这平淡无奇的说话中间，我所想要特地申明的，只是在于种蔷薇地丁也是耕种我们自己的园地，与种果蔬药材，虽是种类不同而有同一的价值。

我们自己的园地是文艺，这是要在先声明的。我并非厌薄别种活动而不屑为，——我平常承认各种活动于生活都是必要，实在是小半由于没有这种的材能，大半由于缺少这样的趣味，所以不得不在这中间定一个去就。但我对于这个选择并不后悔，并不惭愧园地的小与出产的薄弱而且似乎无用。依了自己的心的倾向，去种蔷薇地丁，这是尊重个性的正当办法，即使如别人所说各人果真应报社会的恩，我也相信已经报答了，因为社会不但需要果蔬药材，却也一样迫切的需要蔷薇与地丁，——如有蔑视这些的社会，那便是白痴的，只有形体而没有精神生活的社会，我们没有去顾视他的必要。倘若用了什么名义，强迫人牺牲了个性去侍奉白痴的社会，——美其名曰迎合社会心理，——那简直与借了伦常之名强人忠君，借了国家之名强人战争一样的不合理了。

有人说道，据你所说，那么你所主张的文艺，一定是人生派的艺术了。泛称人生派的艺术，我当然是没有什么反对，但是普通所谓人生派是主张"为人生的艺术"的，对于这个我却略有一点意见。"为艺术的艺术"将艺术与人生分离，并且将人生附属于艺术，至于如王尔德的提倡人生之艺术化，固然不很妥当；"为人生的艺术"以艺术附属于人生，将艺术当作改造生活的工具而非终极，也何尝不把艺术与人生分离呢？我以为艺术当然是人生的，因为他本是我们感情生活的表现，叫他怎能与人生分离？"为人生"——于人生有实利，当然也是艺术本有的一种作用，但并非唯一的职务。总之艺术是独立的，却又原来是人性的，所以既不必使他隔离人生，又不必使他服侍人生，只任他成为浑然的人生的艺术便好了。"为艺术"派以个人为艺术的工匠，"为人生"派以艺术为人生的仆役，现在却以个人为主人，表现情思而成艺术，即为其生活之一部，初不为福利他人而作，而他人接触这艺术，得到一种共鸣与感兴，使其精神生活充实而丰富，又即以为实生活的基本；这是人生的艺术的要点，有独立的艺术美与无形的功利。我所说的蔷薇地丁的种作，便是如此。

有些人种花聊以消遣，有些人种花志在卖钱；真种花者以种花为其生活，——而花亦未尝不美，未尝于人无益。

第五章

微妙且美地
生活

生活不是很容易的事。动物那样的，自然地简易地生活，是其一法；把生活当作一种艺术，微妙地美地生活，又是一法。生活之艺术，其方法只在于微妙地混合取与舍二者而已。

故乡的野菜

1924年4月5日刊《晨报副镌》。

我的故乡不止一个，凡我住过的地方都是故乡。故乡对于我并没有什么特别的情分，只因钓于斯游于斯的关系，朝夕会面，遂成相识，正如乡村里的邻舍一样，虽然不是亲属，别后有时也要想念到他。我在浙东住过十几年，南京东京都住过六年，这都是我的故乡；现在住在北京，于是北京就成了我的家乡了。

日前我的妻往西单市场买菜回来，说起有荠菜在那里卖着，我便想起浙东的事来。荠菜是浙东人春天常吃的野菜，乡间不必说，就是城里只要有后园的人家都可以随时采食，妇女小儿各拿一把剪刀一只"苗篮"，蹲在地上搜寻，是一种有趣味的游戏的工作。那时小孩们唱道："荠菜马兰头，姊姊嫁在后门头。"后来马兰头有乡人拿来进城售卖了，但荠菜还是一种野菜，须得自家去采。关于荠菜向来颇有风雅的传说，不过这似乎以吴地为主。《西湖游览志》云："三月三日男女皆戴荠菜花。谚云，三春戴荠花，桃李羞繁华。"顾禄的《清嘉录》上亦说："荠菜花俗呼野菜花，因谚有三月三蚂蚁上灶山之语，三日人家皆以野菜花置灶陉上，以厌虫蚁。清晨村童叫卖不绝。或妇女簪髻上以祈清目，俗号眼亮花。"但浙东却不很理会这些事情，只是挑来做菜或炒年糕吃罢了。

黄花麦果通称鼠鞠草，系菊科植物，叶小微圆互生，表面有白毛，花黄色，簇生梢头。春天采嫩叶，捣烂去汁，和粉作糕，称黄花麦果糕。小孩们有歌赞美之云：

黄花麦果韧结结，

关得大门自要吃：

半块拿弗出，一块自要吃。

清明前后扫墓时，有些人家——大约是保存古风的人——用黄花麦果作供，但不作饼状，做成小颗如指顶大，或细条如小指，以五六个作一攒，名曰茧果，不知是什么意思，或因蚕上山时设祭，也用这种食品，故有是称，亦未可知。自从十二三岁时外出不参与外祖家扫墓以后，不复见过茧果，近来住在北京，也不再见黄花麦果的影子了。日本称作"御形"，与荠菜同为春的七草之一，也采来做点心用，状如艾饺，名曰"草饼"，春分前后多食之，在北京也有，但是吃去总是日本风味，不复是儿时的黄花麦果糕了。

扫墓时候所常吃的还有一种野菜，俗名草紫，通称紫云英。农人在收获后，播种田内，用作肥料，是一种很被贱视的植物，但采取嫩茎瀹食，味颇鲜美，似豌豆苗。花紫红色，数十亩接连不断，一片锦绣，如铺着华美的地毯，非常好看，而且花朵状若蝴蝶，又如鸡雏，尤为小孩所喜。间有白色的花，相传可以治痢，很是珍重，但不易得。日本《俳句大辞典》云："此草与蒲公英同是习见的东西，从幼年时代便已熟识，在女人里边，不曾采过紫云英的人，恐未必有罢。"中国古来没有花环，但紫云英的花球却是小孩常玩的东西，这一层我还替那些小人们欣幸的。浙东扫墓用鼓吹，所以少年常随了乐音去看"上坟船里的姣姣"；没有钱的人家虽没有鼓吹，但是船头上篷窗下总露出些紫云英和杜鹃的花束，这也就是上坟船的确实的证据了。

十三年二月

北京的茶食

1924年3月18日刊《晨报副镌》。

在东安市场的旧书摊上买到一本日本文章家五十岚力的《我的书翰》，中间说起东京的茶食店的点心都不好吃了，只有几家如上野山下的"空也"，还做得好点心，吃起来馅和糖及果实浑然融合，在舌头上分不出各自的味来。

想起德川时代江户的二百五十年的繁华，当然有这一种享乐的流风余韵留传到今日，虽然比起京都来自然有点不及。

北京建都已有五百余年之久，论理于衣食住方面应有多少精微的造就，但实际似乎并不如此，即以茶食而论，就不曾知道什么特殊的有滋味的东西。

固然我们对于北京情形不甚熟悉，只是随便撞进一家饽饽铺里去买一点来吃，但是就撞过的经验来说，总没有很好吃的点心买到过。难道北京竟是没有好的茶食，还是有而我们不知道呢？这也未必全是为贪口腹之欲，总觉得住在古老的京城里吃不到包含历史的精炼的或颓废的点心是一个很大的缺陷。

北京的朋友们，能够告诉我两三家做得上好点心的饽饽铺么？

我对于二十世纪的中国货色，有点不大喜欢，粗恶的模仿品，美其名曰国货，要卖得比外国货更贵些。新房子里卖的东西，便不免都有点怀疑，虽然这样说好像遗老的口吻，但总之关于风流享乐的事我是颇迷信传统的。

我在西四牌楼以南走过，望着"异馥斋"的丈许高的独木招牌，不禁神往，因为这不但表示他是义和团以前的老店，那模糊阴暗的字迹又引起我一种焚香静坐的安闲而丰腴的生活的幻想。我不曾焚过什么香，却对于这件事很有趣味，然而终于不敢进香店去，因为怕他们在香盒上已放着花露水与日光皂了。

我们于日用必需的东西以外，必须还有一点无用的游戏与享乐，生活才觉得有意思。我们看夕阳，看秋河，看花，听雨，闻香，喝不求解渴的酒，吃不求饱的点心，都是生活上必要的——

虽然是无用的装点，而且是愈精炼愈好。

可怜现在的中国生活，却是极端的干燥粗鄙，别的不说，我在北京彷徨了十年，终未曾吃到好点心。

十三年二月

南北的点心

中国地大物博，风俗与土产随地各有不同，因为一直缺少人纪录，有许多值得也是应该知道的事物，我们至今不能知道清楚，特别是关于衣食住的事项。我这里只就点心这个题目，依据浅陋所知，来说几句话，希望抛砖引玉，有旅行既广，游历又多的同志们，从各方面来报道出来，对于爱乡爱国的教育，或者也不无小补吧。

我是浙江东部人，可是在北京住了将近四十年，因此南腔北调，对于南北情形都知道一点，却没有深厚的了解。据我的观察来说，中国南北两路的点心，根本性质上有一个很大的区别。简单的下一句断语，北方的点心是常食的性质，南方的则是闲食。

我们只看北京人家做饺子馄饨面总是十分苴实，馅决不考究，面用芝麻酱拌，最好也只是炸酱；馒头全是实心。本来是代饭用的，只要吃饱就好，所以并不求精。

若是回过来走到东安市场，往五芳斋去叫了来吃，尽管是同样名称，做法便大不一样，别说蟹黄包干，鸡肉馄饨，就是一碗三鲜汤面，也是精细鲜美的。可是有一层，这决不可能吃饱当饭，一则因为价钱比较贵，二则昔时无此习惯。

抗战以后上海也有阳春面，可以当饭了，但那是新时代的产物，在老辈看来，是不大可以为训的。我母亲如果在世，已有一百岁了，她生前便是绝对不承认点心可以当饭的，有时生点小毛病，不喜吃大米饭，随叫家里做点馄饨或面来充饥，即使一天里仍然吃过三回，她却总说今天胃口不开，因为吃不下饭去，因此可以证明那馄饨和面都不能算是饭。这种论断，虽然有点儿近于武断，但也可以说是有客观的佐证，因为南方的点心是闲食，做法也是趋于精细鲜美，不取苴实一路的。

上文五芳斋固然是很好的例子，我还可以再举出南方做烙饼的方法来，更为具体，也有意思。我们故乡是在钱塘江的东岸，那里不常吃面食，可是有烙饼这物事。这里要注意的，是"烙"不读作"者"字音，乃是"洛"字入声，又名为山东饼，这证明原来是模仿大饼而作的，但是烙法却大不相同了，乡间卖馄饨面和馒头都分别有专门的店铺，唯独这烙饼只有摊，而且也不是每天都有，这要等待哪里有社戏，才有几个摆在戏台附近，供看戏的人买吃，价格是每个制钱三文，油条价二文，葱酱和饼只要一文罢了。做法是先将原本两折的油条扯开，改作三折，在熬盘上烤焦，同时在预先做好的直径约二寸，厚约一分的圆饼上，满搽红酱和辣酱，撒上葱花，卷在油条外面，再烤一下，就做成了。它的特色是油条加葱酱烤过，香辣好吃，那所谓饼只是包裹油条的东西，乃是客而非主，拿来与北方原来的大饼相比，厚大如茶盘，卷上黄酱与大葱，大嚼一张，可供一饱，这里便显出很大的不同来了。

上边所说的点心偏于面食一方面，这在北方本来不算是闲食吧。此外还有一类干点心，北京称为饽饽，这才当作闲食，大概与南方并无什么差别。但是这里也有一点不同，据我的考察，北方的点心历史古，南方的历史新，古者可能还有唐宋遗制，新的只是明朝中叶吧。点心铺招牌上有常用的两句话，我想借来用在这里，似乎也还适当，北方可以称为"官礼茶食"，南方则是"嘉湖细点"。

我们这里且来作一点烦琐的考证，可以多少明白这时代的先后。查清顾张思的《土风录》卷六，"点心"条下云：小食曰点心，见《吴曾漫录》。唐郑傪为江淮留后，家人备夫人晨馔，夫人谓其弟曰："治妆未毕，我未及餐，尔且可点心。"俄而女仆请备夫人点心，傪诟曰："适已点心，今何得又请！"由此可知点心古时即是晨馔。同书又引周辉《北辕录》云："洗漱冠柿毕，点心已至。"后文说明点心中馒头馄饨包子等，可知说的是水点心，在唐朝已有此名了。

茶食一名，据《土风录》云，"干点心曰茶食，见宇文懋昭《金志》："婿先期拜门，以酒馔往，酒三行，进大软脂小软脂，如中国寒具，又进蜜糕，人各一盘，曰茶食。'"《北辕录》云："金国宴南使，未行酒，先设茶筵，进茶一盏，谓之茶食。"茶食是喝茶时所吃的，与小食不同，大软脂，大抵有如蜜麻花，蜜糕则明系蜜饯之类了。从文献上看来，点心与茶食两者原有区别，性质也就不同，但是后来早已混同了。本文中也就混用，那招牌上的话也只是利用现代文句，茶食与细点作同义语看，用不着再分析了。

我初到北京来的时候，随便在饽饽铺买点东西吃，觉得不大满意，曾经埋怨过这个古都市，积聚了千年以上的文化历史，怎么没有做出些好吃的点心来。老实说，北京的大八件小八件，尽管名称不同，吃起来不免单调，正和五芳斋的前例一样，东安市场内的稻香春所做的南式茶食，并不齐备，但比起来也显得花样要多些了。

过去时代，皇帝向在京里，他的享受当然是很豪华的，却也并不曾创造出什么来，北海公园内旧有"仿膳"，是前清御膳房的做法，所做小点心，看来也是平常，只是做得小巧一点而已。南方茶食中有些东西，是小时候熟悉的，在北京都没有，也就感觉不满足，例如糖类的酥糖、麻片糖、寸金糖，片类的云片糕、椒桃片、松仁片，软糕类的松子糕、枣子糕、蜜仁糕、桔红糕等。此外有缠类，如松仁缠、核桃缠，乃是在于果上包糖，算是上品茶食，其实倒并不怎么好吃。

　　南北点心粗细不同，我早已注意到了，但这是怎么一个系统，为什么有这差异？那我也没有法子去查考，因为孤陋寡闻，而且关于点心的文献，实在也不知道有什么书籍。但是事有凑巧，不记得是哪一年，或者什么原因了，总之见到几件北京的旧式点心，平常不大碰见，样式有点别致的，这使我忽然大悟，心想这岂不是在故乡见惯的"官礼茶食"么？

　　故乡旧式结婚后，照例要给亲戚本家分"喜果"，一种是干果，计核桃、枣子、松子、棒子，讲究的加荔枝、桂圆。又一种是干点心，记不清它的名字。查范寅《越谚》饮食门下，记有金枣和珑缠豆两种，此外我还记得有佛手酥、菊花酥和蛋黄酥等三种。这种东西，平时不通销，店铺里也不常备，要结婚人家订购才有，样子虽然不差，但材料不大考究，即使是可以吃得的佛手酥，也总不及红绫饼或梁湖月饼，所以喜果送来，只供小孩们胡乱吃一阵，大人是不去染指的。可是这类喜果却大抵与北京的一样，而且结婚时节非得使用不可。云片糕等虽是比较要好，却是决不使用的。这是什么理由？

　　这一类点心是中国旧有的，历代相承，使用于结婚仪式。一方面时势转变，点心上发生了新品种，然而一切仪式都是守旧的，不轻易容许改变，因此即使是送人的喜果，也有一定的规矩，要定做现今市上不通行了的物品来使用。同是一类茶食，在甲地尚在通行，在乙地已出了新的品种，只留着用于"官礼"，这便是南北点心情形不同的缘因了。

上文只说得"官礼茶食",是旧式的点心,至今流传于北方。至于南方点心的来源,那还得另行说明。"嘉湖细点"这四个字,本是招牌和仿单上的口头禅,现在正好借用过来,说明细点的起源。据了解,那时期当为前明中叶,而地点则是东吴西浙,嘉兴湖州正是代表地方。我没有文书上的资料,来证明那时吴中饮食丰盛奢华的情形,但以近代苏州饮食风靡南方的事情来作比,这里有点类似。

明朝自永乐以来,政府虽是设在北京,但文化中心一直还是在江南一带。那里官绅富豪生活奢侈,茶食一类也就发达起来。就是水点心,在北方作为常食的,也改作得特别精美,成为以赏味为目的的闲食了。这南北两样的区别,在点心上存在得很久,这里固然有风俗习惯的关系,一时不易改变;但在"百花齐放"的今日,这至少该得有一种进展了吧。

其实这区别不在于质而只是量的问题,换一句话即是做法的一点不同而已,我们前面说过,家庭的鸡蛋炸酱面与五芳斋的三鲜汤面,固然是一例。此外则有大块粗制的窝窝头,与"仿膳"的一碟十个的小窝窝头,也正是一样的变化。

北京市上有一种爱窝窝,以江米煮饭捣烂(即是糍粑)为皮,中裹糖馅,如元宵大小。李光庭在《乡言解颐》中说明它的起源云:相传明世中官有嗜之者,因名御爱窝窝,今但曰爱而已。这里便是一个例证,在明清两朝里,窝窝头一件食品,便发生了两个变化了。本来常食闲食,都有一定习惯,不易轻轻更变，在各处都一样是闲食的干点心则无妨改良一点做法，做得比较精美，在人民生活水平日益提高的现在，这也未始不是切合实际的事情吧。国内各地方，都富有不少有特色的点心，就只因为地域所限，外边人不能知道，我希望将来不但有人多多报道，而且还同上产果品一样，陆续输到外边来，增加人民的口福。

一九五六年七月

吃菜

　　偶然看书讲到民间邪教的地方，总常有吃菜事魔等字样。吃菜大约就是素食，事魔是什么事呢？总是服侍什么魔王之类罢，我们知道希腊诸神到了基督教世界多转变为魔，那么魔有些原来也是有身分的，并不一定怎么邪曲，不过随便地事也本可不必，虽然光是吃菜未始不可以，而且说起来我也还有点赞成。本来草的茎叶根实只要无毒都可以吃，又因为有维他命某，不但充饥还可养生，这是普通人所熟知的，至于专门地或有宗旨地吃，那便有点儿不同，仿佛是一种主义了。现在我所想要说的就是这种吃菜主义。

　　吃菜主义似乎可以分作两类。第一类是道德的。这派的人并不是不吃肉，只是多吃菜，其原因大约是由于崇尚素朴清淡的生活。孔子云："饭疏食，饮水，曲肱而枕之，乐亦在其中矣。"

可以说是这派的祖师。《南齐书·周颙传》云："颙清贫寡欲，终日长蔬食。文惠太子问颙菜食何味最胜，颙曰，春初早韭，秋末晚菘。"黄山谷题画菜云："不可使士大夫不知此味，不可使天下之民有此色。"——当作文章来看实在不很高明，大有帖括的意味，但如算作这派提倡咬菜根的标语却是颇得要领的。李笠翁在《闲情偶寄》卷五说：

> 声音之道，丝不如竹，竹不如肉，为其渐近自然，吾谓饮食之道，脍不如肉，肉不如蔬，亦以其渐近自然也。草衣木食，上古之风，人能疏远肥腻，食蔬蕨而甘之，腹中菜园不使羊来踏破，是犹作羲皇之民，鼓唐虞之腹，与崇尚古玩同一致也。所怪于世者，弃美名不居，而故异端其说，谓佛法如是，是则谬矣。吾辑《饮馔》一卷，后肉食而首蔬菜，一以崇俭，一以复古，至重宰割而惜生命，又其念兹在兹而不忍或忘者矣。

笠翁照例有他的妙语，这里也是如此，说得很是清脆，虽然照文化史上讲来吃肉该在吃菜之先，不过笠翁不及知道，而且他又哪里会来斤斤地考究这些事情呢。

吃菜主义之二是宗教的，普通多是根据佛法，即笠翁所谓异端其说者也。我觉得这两类显有不同之点，其一吃菜只是吃菜，其二吃菜乃是不食肉，笠翁上文说得蛮好，而下面所说念兹在兹的却又混到这边来，不免与佛法发生纠葛了。小乘律有杀戒而不戒食肉，盖杀生而食已在戒中，唯自死鸟残等肉仍在不禁之列，至大乘律始明定食肉戒，如《梵网经》菩萨戒中所举，其辞曰：

若佛子故食肉，——一切众生肉不得食：夫食肉者断大慈悲佛性种子，一切众生见而舍去。是故一切菩萨不得食一切众生肉，食肉得无量罪，——若故食者，犯轻垢罪。

贤首疏云，"轻垢者，简前重戒，是以名轻，简异无犯，故亦名垢。又释，渎污清净行名垢，礼非重过称轻。"因为这里没有把杀生算在内，所以算是轻戒，但话虽如此，据《目莲问罪报经》所说，犯突吉罗众学戒罪，如四天王寿，五百岁堕泥犁中，于人间数九百千岁，此堕等活地狱，人间五十年为天一昼夜，可见还是不得了也。

我读《旧约·利未记》，再看大小乘律，觉得其中所说的话要合理得多，而上边食肉戒的措辞我尤为喜欢，实在明智通达，古今莫及。《入楞伽经》所论虽然详细，但仍多为粗恶凡人说法，道世在《诸经要集》中酒肉部所述亦复如是，不要说别人了。后来讲戒杀的大抵偏重因果一端，写得较好的还是莲池的《放生文》和周安士的《万善先资》，文字还有可取，其次《好生救劫编》《卫生集》等，自剑以下更可以不论，里边的意思总都是人吃了虾米再变虾米去还吃这一套，虽然也好玩，难免是幼稚了。我以为菜食是为了不食肉，不食肉是为了不杀生，这是对的，再说为什么不杀生，那么这个解释我想还是说不欲断大慈悲佛性种子最为得体，别的总说得支离。众生有一人不得度的时候自己绝不先得度，这固然是大乘菩萨的弘愿，但凡夫到了中年，往往会看轻自己的生命而尊重人家的，并不是怎么奇特的现象。难道肉体渐近老衰，精神也就与宗教接近么？未必然，这种态度有的从宗教出，有的也会从唯物论出的。或者有人疑心唯物论者一定是主张强食弱肉的，却不知道也可以成为大慈悲宗，好像是《安士全书》信者，所不同的他是本于理性，没有人吃虾米那些律例而已。

据我看来，吃菜亦复佳，但也以中庸为妙，赤米白盐绿葵紫蓼之外，偶然也不妨少进三净肉，如要讲净素已不容易，再要彻底便有碰壁的危险。《南齐书·孝义传》纪江泌事，说他"食菜不食心，以其有生意也"，觉得这件事很有风趣，但是离彻底总还远呢。英国柏忒勒（Samuel Butler）所著《有何无之乡游记》（*Erewhon*）中第二十六七章叙述一件很妙的故事，前章题曰"动物权"，说古代有哲人主张动物的生存权，人民实行菜食，当初许可吃牛乳鸡蛋，后来觉得挤牛乳有损于小牛，鸡蛋也是一条可能的生命，所以都禁了，但陈鸡蛋还勉强可以使用，只要经过检查，证明确已陈年臭坏了，贴上一张"三个月以前所生"的查票，就可发卖。次章题曰"植物权"，已是六七百年过后的事了，那时又出了一个哲学家，他用实验证明植物也同动物一样地有生命，所以也不能吃，据他的意思，人可以吃的只有那些自死的植物，例如落在地上将要腐烂的果子，或在深秋变黄了的菜叶。他说只有这些同样的废物人们可以吃了于心无愧。"即使如此，吃的人还应该把所吃的苹果或梨的核，杏核，樱桃核及其他，都种在土里，不然他就将犯了堕胎之罪。至于五谷，据他说那是全然不成，因为每颗谷都有一个灵魂像人一样，他也自有其同样地要求安全之权利"。结果是大家不能不承认他的理论，但是又苦于难以实行，逼得没法了便索性开了荤，仍旧吃起猪排牛排来了。这是讽刺小说的话，我们不必认真，然而天下事却也有偶然暗合的，如《文殊师利问经》云：

　　若为己杀，不得啖。若肉林中已自腐烂，欲食得食。若欲啖肉者，当说此咒：如是，无我无我，无寿命无寿命，失失，烧烧，破破，有为，除杀去。此咒三说，乃得啖肉，饭亦不食。何以故？若思惟饭不应食，何况当啖肉。

　　这个吃肉林中腐肉的办法岂不与陈鸡蛋很相像，那么烂果子黄菜叶也并不一定是无理，实在也只是比不食菜心更彻底一点罢了。

二十年十一月十八日，于北平

糯米食

在《文汇报》上看到这一节记事："视察过鲁迅先生故乡绍兴的作家艾芜说，由于制酒等原因，绍兴从来就是缺粮的地方，平均每年总有三四个月的粮食要由外地支援。但是，现在绍兴已变为余粮县。"这关于故乡的好消息，是值得欢迎的，但是这里有一点误解，说缺粮的一部分原因是因为做酒，是不正确的，须有说明之必要，因为绍兴酒是用糯米做的。

我们小时候所常唱的歌谣里，有两句是绍兴人拿来讥笑醉人的话，说的很得要领，其词曰："老酒糯米做，吃得变nionio。"这末了的字我用了罗马字，因为实在写不出，写了也没有铅字。这字从双口，底下一个典韦的典字，收在《康熙字典》的补遗里，注云"呼豕声"。这倒有点对的，但云尼迈切，与绍兴音读作尼荷切者迥不相同。绍兴话猪罗称作"nio猪"、

nionio者亲爱之称也。意思酒醉的人沉醉打呼，与猪无甚区别。由此看来，老酒之用糯米所做，已无问题，从个人幼年经验来说，还曾分得做酒用的糯米饭团吃过，不过老实说来并不高明，因为糯米不甚精白，没有粽子那么好吃。至于本为做酒的团饭，为什么拿来闲吃的呢，那在当时没有问明，所以不知道了。

这里我还不知道一件事实，原来那些做酒的糯米，分量着实不少，也并不是绍兴本地的出产，全是外地来的。这件事我从一个过去多年在江南这一带做地方官的朋友听来，他即使别的话靠不住，在这一点上是不会说诳的。据说做老酒的那种原料，悉由江苏溧阳运去，抗战后供应中断，影响出产。古语有云："鲁酒薄而邯郸围。"现在岂不是这话的反证么？

不过老实说来，这糯米做的老酒并不怎么引起我的乡思来，令人怀念的却是普通有的糯米食。北方点心主要是面食，南方则是米食，特别是糯米。粽子不必说了，汤团也罢，麻糍也罢，用的都是糯米粉，还有糕团铺大宗物品，也是如此。这项消耗大约也并不少，仅次于做酒吧，它的供应恐怕也依靠邻省，因为绍兴我不听说什么地方出产，走过的地方也不曾看见种有糯米，说来惭愧，实在糯米只是在米店里见到过，还不见过整株的糯稻呢！满口吃着粽子，却不知道做粽子的米是怎样的，这实在是城里人的一种耻辱。

菱

角

　　每日上午门外有人叫卖"菱角"，小孩们都吵着要买，因此常买十来包给他们分吃，每人也只分得十几个罢了。这是一种小的四角菱，比刺菱稍大，色青而非纯黑，形状也没有那样奇古，味道则与两角菱相同。正在看乌程汪曰桢的《湖雅》（光绪庚辰即一八八〇年出版），便翻出卷二讲菱的一条来，所记情形与浙东大抵相像，选录两则于后：

　　《仙潭文献》："水红菱"最先出。青菱有二种，一曰"花蒂"，一曰"火刀"，风干之皆可致远，唯"火刀"耐久，迨春犹可食。因塔村之"鸡腿"，生啖殊佳；柏林圩之"沙角"，熟瀹颇胜。乡人以九月十月之交撤荡，多则积之，腐其皮，如收贮银杏之法，曰"阉菱"。

《湖录》：菱与芰不同。《武陵记》："四角三角曰芰，两角曰菱。"今菱湖水中多种两角，初冬采之，曝干，可以致远，名曰"风菱"。唯郭西湾桑渎一带皆种四角，最肥大，夏秋之交，煮熟鬻于市，曰"熟老菱"。

按，鲜菱充果，亦可充蔬。沉水乌菱俗呼"浆菱"。乡人多于溪湖近岸处水中种之，曰"菱荡"，四围植竹，经绳于水面，闲之为界，曰"菱竹"。……

越中也有两角菱，但味不甚佳，多作为"酱大菱"，水果铺去壳出售，名"黄菱肉"，清明扫墓时常用作供品，"迨春犹可食"，亦别有风味。实熟沉水抽芽者用竹制发篦状物曳水底摄取之，名"掺芽大菱"，初冬下乡常能购得，市上不多见也。唯平常煮食总是四角者为佳，有一种名"驼背白"，色白而拱背，故名，生熟食均美，十年前每斤才十文，一角钱可得一大筐，近年来物价大涨，不知需价若干了。城外河中弥望皆菱荡，唯中间留一条水路，供船只往来，秋深水长风起，菱科漂浮荡外，则为"散荡"，行舟可以任意采取残留菱角，或并摘菱科之嫩者，携归作蔬食。明李日华在《味水轩日记》卷二（万历三十八年即一六一〇）记途中窃菱事，颇有趣味，抄录于下：

九月九日，由谢村取余杭道，曲溪浅渚，被水皆菱角，有深浅红及惨碧三色，舟行，掬手可取而不设塍堑，僻地俗淳，此亦可见。余坐篷底阅所携《康乐集》，遇一秀句则引一醉，酒渴思解，奴子康素工掠食，偶命之，甚资咀嚼，平生耻为不义，此其愧心者也。

水红菱只可生食，虽然也有人把他拿去作蔬。秋日择嫩菱瀹熟，去涩衣，加酒酱油及花椒，名"醉大菱"，为极好的下酒物（俗名过酒坯），阴历八月三日灶君生日，各家供素菜，例有此品，几成为不文之律。水红菱形甚纤艳，故俗以喻女子的小脚，虽然我们现在看去，或者觉得有点唐突菱角，但是闻水红菱之名而"颇涉遐想"者，恐在此刻也仍不乏其人罢？

写《菱角》既了，问疑古君讨回范寅的《越谚》来一查，见卷中"大菱"一条说得颇详细，补抄在这里，可以纠正我的好些错误。甚矣，我的关于故乡的知识之不很可靠也！

老菱装篰，日浇，去皮，冬食，曰"酱大菱"。老菱脱蒂沉湖底，明春抽芽，揽起，曰"揽芽大菱"，其壳乌，又名"乌大菱"。肉烂壳浮，曰"汆起乌大菱"，越以讥无用人。揽菱肉黄，剥卖，曰"黄菱肉"。老菱晾干，曰"风大菱"。嫩菱煮坏，曰"烂勃七"。

卖糖

崔晓林著《念堂诗话》卷二中有一则云：

"《日知录》谓古卖糖者吹箫，今鸣金。予考徐青长诗，敲锣卖夜糖，是明则卖扬鸣金之明证也。"案此五字见《徐文长集》卷四，所云青长当是青藤或文长之误。原诗题曰《昙阳》，凡十首，其五云：

"何事移天竺，居然在太仓。善哉听白佛，梦已熟黄粱。托钵求朝饭，敲锣卖夜糖。"所咏当系王锡爵女事，但语颇有费解处，不佞亦只能取其末句，作为夜糖之一左证而已，查范啸凤著《越谚》卷中饮食类中，不见夜糖一语，即梨膏糖亦无，不禁大为失望。绍兴如无夜糖，不知小人们当更如何寂寞，盖此与炙糕二者实是儿童的恩物，无论野孩子与大家子弟都是不可缺少者也。夜糖的名义不可解，其实只是圆形的硬糖，平常亦称圆眼糖，因形似龙眼故，亦有尖角者，则称粽子糖，共有红白黄三色，每粒价一钱，若至大路口糖色店去买，每十粒只七八文即可，但此是三十年前价目，现今想必已大有更变了。梨膏糖每块须四文，寻常小孩多不敢问津，此外还有一钱可买者有前脯与梅饼。以沙糖煮茄子，略晾干，原以厂两计，卖糖人切为适当的长条，而不能无大小，小儿多较量择取之，是为前脯。梅饼者，黄梅与甘草同煮，连核捣烂，范为饼如新铸一分铜市大，吮食之别有风味，可与青盐梅竟爽也。卖糖者大率用担，但非是肩挑，实只一筐，俗名桥篮，上列木匣，分格盛糖，盖以玻璃，有木架交叉如交椅，置篮其上，以待顾客，行则叠架夹胁下，左臂操筐，俗语曰桥。虚左手撼一小锣，右手执木片如窃状，击之声锤镜然，此即卖糖之信号也，小儿闻之惊心动魄，殆不下于货郎之惊闺与唤娇娘焉。此锣却又与他锣不同，直径不及一尺，窄边，不系索，击时以一指抵边之内缘，与铜锣之提索及用锣褪者迎异，民间称之曰镜锣，第一字读如国音汤去声，盖形容其声如此。虽然亦是金属无疑，但小说上常见鸣金收军，则与此又截不相像，顾亭林云卖汤者今鸣金，原不能说错，若云笼统殆不能免，此则由于用古文之故，或者也不好单与顾君为难耳。

卖糕者多在下午，竹"笼中生火，上置熬盘，红糖和米粉为糕，切片炙之，每片一文，亦有麻械，大呼曰麻松荷炙糕。荷者语助词，如萧老老公之荷荷，唯越语更带喉音，为他处所无。早上别有卖印糕者，糕上有红色吉利语，此外如蔡糖糕，获冬糕，桂花年糕等亦具备，呼声则仅云卖糕荷，其用处似在供大人们做早点心吃，与炙糕之为小孩食品者又异。此种糕点来北京后便不能遇见，盖南方重米食，糕类以米粉为之，北方则几乎无一不面，情形自大不相同也。

小时候吃的东西，味道不必甚佳，过后思量每多佳趣，往往不能忘记。不佞之记得糖与糕，亦正由此耳。昔年读日本原公道著《先哲丛谈》卷二有讲朱舜水的几节，其一云：

"舜水归化历年所，能和语，然及其病革也，遂复乡语，则侍人不能了解。"（原本汉文。）不佞读之怆然有感。舜水所语盖是余姚话也，不佞虽是隔县当能了知，其意亦唯不佞可解。余姚亦当有夜糖与炙糕，惜舜水不曾说及，岂以说了也无人懂之故欤。但是我又记起《陶庵梦忆》来，其中亦不谈及，则更可惜矣。

廿七年二月朴五日，漫记于北平知堂

[附记]

《越谚》不记糖色，而糕类则稍有叙述，如印糕下注云："米粉为方形，上印彩粉文字，配馒头送喜寿礼。"又麻糍下云："糯粉，馅乌豆沙，如饼，炙食，担卖，多吃能杀人。"末五字近于赘，盖昔曾有人赌吃麻糍，因以致死，范君遂书之以为戒，其实本不限于麻糍一物，即鸡骨头糕干如多吃亦有害也。看一地方的生活特色，食品很是重要，不但是日常饭粥，即点心以至闲食，亦均有意义，只可惜少有人注意，本乡文人以为琐屑不足道，外路人又多轻饮食而着眼于男女，往往闹出《闲话扬州》似的事件，其实男女之事大同小异，不值得那么用心，倒还不如各种吃食尽有滋味，大可谈谈也。

廿八日又记

谈油炸鬼

刘廷玑著《在园杂志》卷一有一条云：

东坡云，谪居黄州五年，今日北行，岸上闻骡驮铎声，意亦欣然。铎声何足欣，盖久不闻而今得闻也。昌黎诗，照壁喜见蝎。蝎无可喜，盖久不见而今得见也。子由浙东观察副使奉命引见，彼黄河至王家营，见草棚下挂油炸鬼数枚。制以盐水和面，扭作两股如粗绳，长五六寸，于热油中炸成黄色，味颇佳，俗名油炸鬼。予即于马上取一枚啖之，路人及同行者无不匿笑，意以为如此鞍马仪从而乃自取自啖此物耶。殊不知予离京城赴浙省今十六年矣，一见河北风味不觉狂喜，不能自持，似与韩苏二公之意暗合也。

在园的意思我们可以了解，但说黄河以北才有油炸鬼却并不是事实。江南到处都有，绍兴在东南海滨，市中无不有麻花摊，叫卖麻花烧饼者不绝于道。范寅著《越谚》卷中饮食门云：

"麻花，即油炸桧，迄今代远，恨磨业者省工无头脸，名此。"案此言系油炸秦桧之，殆是望文中义，至同一癸音而曰鬼曰桧，则由南北语异，绍兴读鬼若举不若癸山。中国近世有馒头，其缘起说亦怪异，与油炸鬼相类，但此只是传说罢了。朝鲜权宁世编《支那四声字典》，第一七五kuo字项下注云：

"煤馃kuo，正音。油馃子，小麦粉和鸡蛋，油煎拉长的点心。油炸；煤馃同上。但此一语北京人悉读作kuei音，正音则唯乡下人用之。"此说甚通，鬼桧二读盖即由煤馃转出。明王思任著《谑庵文饭小品》卷三《游满井记》中云：

"卖饮食者邀诃好火烧，好酒，好大饭，好果了。"所云果子即油煤馃子，并不是频婆林禽之流，谑庵于此多用土话，邀诃亦即叱喝，作平声读也。

乡间制麻花不曰店而曰摊，盖大抵简陋，只两高凳架木板，于其上和面搓条，傍一炉可烙烧饼，一油锅炸麻花，徒弟用长竹筷翻弄，择其黄熟者夹置铁丝笼中，有客来买时便用竹丝穿了打结递给他。做麻花的手执一小木棍，用以摊饼湿面，却时时空敲木板，的答有声调，此为麻花摊的一种特色，可以代呼声，告诉人家正在开淘有火热麻花吃也。麻花摊在早晨也兼卖粥，米粒少而汁厚，或谓其加小粉，亦未知真假。平常粥价一碗三文，麻花一股二文，客取麻花折断放碗内，令盛粥其上，如《板桥家书》所说，"双手捧碗缩颈而吸之，霜晨雪早，得此周身俱暖"，代价一共只要五文钱，名曰麻花粥。又有花十二文买一包蒸羊，用鲜荷叶包了拿来，放在热粥底下，略加盐花，别有风味，名曰羊肉粥，然而价增两倍，已不是寻常百姓的吃法了。

麻花摊兼做烧饼，贴炉内烤之，俗称洞里火烧。小时候曾见一种似麻花单股而细，名曰油龙，又以小块面油炸，任其自成奇形，名曰油老鼠，皆小儿食品，价各一文，辛亥年回乡便都已不见了。向条交错作"八结"形者曰巧果，二条缠圆木上如藤蔓，炸熟木自脱去，名曰倭缠。其最简单者两股稍粗，互扭如绳，长约寸许，一文一个，名油馓子。以上备物《越谚》皆失载，孙伯龙著《南通方言疏证》卷四释小食中有馓子一项，注云：

"《州志》方言，馓子，油煤环饼也。"又引《丹铅总录》等云寒具今云曰馓子。寒具是什么东西，我从前不大清楚，据《庶物异名疏》云：

"林洪《清供》云，寒具捻头也，以糯米粉和面麻油煎成，以糖食，据此乃油腻粘胶之物，故客有食寒具不濯手而污桓玄之书画者。"看这情形岂非是蜜供一类的物事乎？刘禹锡寒具诗乃云：

"纤手搓来玉数寻，碧油煎出嫩黄深，夜来春睡无轻重，压扁佳人缠臂金。"诗并不佳，取其颇能描写出寒具的模样，大抵形如北京西域斋制的奶油镯子，却用油煎一下罢了，至于和靖后人所说外面搽糖的或系另一做法，若是那么粘胶的东西，刘君恐亦未必如此说也。《和名类聚抄》引古字书云，"糫饼，形如葛藤者也，"则与倭缠颇相像，巧果油饊子又与"结果"及"捻头"近似，盖此皆寒具之一，名字因形而异，前诗所咏只是似环的那一种耳。麻花摊所制各物殆多系寒具之遗，在今日亦是最平民化的食物，因为到处皆有的缘故，不见得会令人引起乡思，我只感慨为什么为著述家所舍弃，那样地不见经传。刘在园范啸风二君之记及油炸鬼真可以说是豪杰之士，我还想费些功夫翻阅近代笔记，看看有没有别的记录，只怕大家太热心于载道，无暇做这"玩物丧志"的勾当也。

[附记]

尤侗著《艮斋续说》卷八云："东坡云，谪居黄州五年，今日北行，岸上闻骡驮锋声，意亦欣然，盖不闻此声久矣。韩退之诗，照壁喜见蝎，此语真不虚也。予谓二老终是宦情中热，不忘长安之梦。若我久卧江湖，鱼鸟为侣，骡马鞭锋耳所厌闻，何如钞乃一声耶。京邪多蝎，至今谈虎色变，不意退之喜之如此，蝎且不避而况于臭虫乎。"西堂此语别有理解。东坡蜀人何乐北归，退之生于昌黎，喜蝎或有可原，唯此公大热中，故亦令人疑其非是乡情而实由于宦情耳。

廿四年十月七日记于北平

［补记］

张林西著《琐事闲录》正续各两卷，咸丰年刊。续编卷上有关于油炸鬼的一则云：

"油炸条面类如寒具，南北各省均食此点心，或呼果子，或呼为油胚，豫省又呼为麻糖，为油馍，即都中之油炸鬼也。鬼字不知当作何字。长晴岩观察臻云，应作桧字，当日秦桧既死，百姓怒不能释，因以面肖形炸而食之，日久其形渐脱，其音渐转，所以名为油炸鬼，语亦近似。"案此种传说各地多有，小时候曾听老妪们说过，今却出于旗员口中觉得更有意思耳。个人的意思则愿作"鬼"字解，稍有奇趣，若有所怨恨乃以面肖形炸而食之，此种民族性殊不足嘉尚也。秦长脚即极恶，总比刘豫张邦昌以及张弘范较胜一筹罢，未闻有人炸吃诸人，何也？我想这骂秦桧的风气是从《说岳》及其戏文里出来的。士大夫论人物，骂秦桧也骂韩□胄更是可笑的事，这可见中国读书人之无是非也。

民国廿四年十二月廿八日补记

羊肝饼

　　有一件东西，是本国出产的，被运往外国经过四五百年之久，又运了回来，却换了别一个面貌了。这在一切东西都是如此，但在吃食有偏好关系的物事，尤其显著，如有名茶点的"羊羹"，便是最好的一例。

　　"羊羹"这名称不见经传，一直到近时北京仿制，才出现市面上。这并不是羊肉什么做的羹，乃是一种净素的食品，系用小豆做成细馅，加糖精制而成，凝结成块，切作长物，所以实事求是，理应叫作"豆沙糖"才是正办。但是这在日本（因为这原是日本仿制的食品）一直是这样写，他们也觉得费解，加以说明，最近理的一种说法是，这种豆沙糖在中国本来叫作羊肝饼，因为饼的颜色相像，传到日本，不知因何传讹，称为羊羹了。虽然在中国查不出羊肝饼的故典，未免缺恨，不过唐朝时代的点心有哪几种，至今也实难以查清，所以最好承认，算是合理的说明了。

传授中国学问技术去日本的人，是日本的留学僧人，他们于学术之外，还把些吃食东西传过去。羊肝饼便是这些和尚带回去的食品，在公历十五六世纪"茶道"发达时代，便开始作为茶点而流行起来。在日本文化上有一种特色，便是"简单"，在一样东西上精益求精的干下来，在吃食上也有此风，于是便有一家专做羊肝饼（羊羹）的店，正如做昆布（海带）的也有专门店一样。结果是"羊羹"大大的有名，有纯粹豆沙的，这是正宗，也有加栗子的，或用柿子做的，那是旁门，不足重了。现在说起日本茶食，总第一要提出"羊羹"，不知它的祖宗是在中国，不过一时无可查考罢了。

近时在中国市场上，又查着羊肝饼的子孙，仍旧叫作"羊羹"，可是已经面目全非，——因为它已加入西洋点心的队伍里去了。它脱去了"简单"的特别衣服，换上了时髦装束，做成"奶油"、"香草"，各种果品的种类。我希望它至少还保留一种，有小豆的清香的纯豆沙的羊羹，熬得久一点，可以经久不变，却不可复得了。倒是做冰棍（上海叫棒冰）的在各式花样之中，有一种小豆的，用豆沙做成，很有点羊肝饼的意思，觉得是颇可吃得，何不利用它去制成一种可口的吃食呢。

一九五七年八月发表，选自《知堂集外文·四九年以后》

东昌坊故事

余家世居绍兴府城内东昌坊口，其地素不著名，惟据山阴吕善报著《六红诗话》，卷三录有张宗子《快园道古》九则，其一云：

苏州太守林五磊素不孝，封公至署半月即勒归，予金二十，命悍仆押其抵家，临行乞三白酒数色亦不得，半途以气死。时越城东昌坊有贫子薛五者，至孝，其父于冬日每早必赴混堂沐浴，薛五必携热酒三合御寒，以二鸡蛋下酒。袁山人雪堂作诗云：三合陈醋敌早寒，一双鸡子白团团，可怜苏郡林知府，不及东昌薛五官。

又《毛西河文集》中题罗坤所藏吕潜山水册子起首云："壬

子秋遇罗坤蒋侯祠下，屈指揖别东昌坊五年矣。"关于东昌坊的典故，在明末清初找到了两个，也很可以满意了。东昌坊口是一条东西街，南北两面都是房屋，路南的屋后是河，西首架桥曰都亭桥，东则曰张马桥，大抵东昌坊的区域便在此二桥之间。

张马桥之南曰张马衙，亦云绸缎衙，北则是丁字路，迤东有广思堂王宅，其地即土名广思堂，不知其属于东昌坊或覆盆桥也。都亭桥之南曰都亭桥下，稍前即是让檐街，桥北为十字路，东昌坊口之名盖从此出，往西为秋官第，往北则塔子桥，狙击琶八之唐将军庙及墓皆在此地。我于光绪辛丑往南京以前，有十四五年在那里住过，后来想起来还有好些事情不能忘记，可以记述一点下来。

从老家到东昌坊口大约隔着十几家门面，这条路上的石板高低大小，下雨时候的水汪，差不多都还可想象，现在且只说十字路口的几家店铺吧。东南角的德兴酒店是老铺，其次是路北的水果摊与麻花摊，至于西南角的泰山堂药店乃是以风水卜卦起家，绰号矮癫胡的申屠泉所开，算是暴发户，不大有名望了。

关于德兴酒店，我的记忆最为深远。我从小时候就记得我家与德兴做账，每逢忌日祭祀，常看见佣人拿了经折子和酒壶去取掺水的酒来，随后到了年节再酌量付还。我还记得有一回，大概是七八岁的时候，独自一人走到德兴去，在后边雅座里找着先君正和一位远房堂伯在喝老酒。他们称赞我能干，分下酒的鸡肫豆给我吃，那时的长方板桌与长凳，高脚的浅酒碗，装下酒盐豆等的黄沙粗碟，我都记得很清楚，虽然这些东西一时别无变化，后来也仍时常看见。连带的使我不能忘记的是酒店所有的各种过酒胚，下酒的小吃，固然这不一定是德兴所做的最好，不过那里自然具备，我们的经验也是从那里得来的，鸡肫豆与茴香豆都是其中重要的一种，七年前在《记盐豆》的小文中曾说：

"小时候在故乡酒店常以一文钱买一包鸡肫豆，用细草纸包作纤足状，内有豆可二三十粒，乃是黄豆盐煮腌干，软硬得中，自有风味。"为什么叫做鸡肫的呢？其理由不明了，大约为的是嚼着有点软带硬，仿佛像鸡肫似的吧。茴香豆是用蚕豆，越中称作罗汉豆所制，只是干煮加香料，大茴香或是桂皮，也是一文钱起码，亦可以说是为限，因为这种豆不曾听说买上若干文，总是一文一把抓，伙计即酒店官他很有经验，一手抓去数量都差不多，也就摆作一碟，虽然要儿碟或几把自然也是自由。此外现成的炒洋花生，豆腐干，咸豆豉等大略具备，但是说也奇怪，这里没有荤腥味，连皮蛋也没有，不要说鱼干鸟肉了。本来这是卖酒附带喝酒，与饭馆不同，是很平民的所在，并不预备阔客的降临，所以只有简单的食品，和朴陋的设备正相称。

上边所说的这些豆类都似乎是零食，在供给酒客之外，一部分还是小孩们光顾买去，此外还有一两种则是小菜类的东西，人家买去可以作临时的下饭，也是很便利的事。其一名称未详，只是在陶钵内盐水煮长条油豆腐，仿佛是一文钱一个，临买时装在碗里，上面加上些红辣茄酱。这制法似乎别无巧妙，不知怎的自己煮来总不一样，想吃时还须得拿了碗到柜上去买。其二名曰时萝卜，以萝卜带皮切长条，用盐略腌，再以红霉豆腐卤渍之，随时取食。此皆是极平常的食物，然在素朴之中自有真味，而皆出自酒店店头，或亦可见酒人之真能知味也。

东北角的水果摊其实也是一间店面，西南两面开放，白天撤去排门，台上摆着些水果，似摊而有屋，似店而无招牌店号，主人名连生，所以大家并其人与店称之曰水果连生云。平常是主妇看店，水果连生则挑了一担水果，除沿街叫卖外，按时上各主顾家去销售。这担总有百十来斤重，挑起来很费气力，所以他这行业是商而兼工的，有些主顾看见他把这一副沉重的担子挑到内堂前，觉得不大好意思让他原担挑了出去，所以多少总要买他一点，无论是杨梅或是桃子。东昌坊距离大街很远，就是大云桥也不很近，临时想买点东西只好上水果连生那里去，其价钱较贵也可以说是无怪的。小时候认识一个南街的小破脚骨，自称姜太公之后，他曾说水果连生所卖的水果是仙丹，所以那么贵，又一转而称店主人曰华佗，因为仙丹当然只有华佗那里发售。

都亭桥下又有一家没有招牌的店，出卖荤粥，后来改卖馄饨和面，店更繁昌起来了。主人姓张，曾租住我家西边余屋，开棺材店多年，我的曾祖母是很严格的人，可是没有一点忌讳，真很可佩服。我还记得墙上黑字写着张永兴字号，龙游寿枋等语。这张老板一面做着寿材一面在住家制荤粥出售。荤粥一名肉骨头粥，系从猪肉店买骨头来煮粥，食时加葱花小虾米及酱油，每碗才几文钱，价廉而味美，是平民的好食品，虽然绅士们不大肯屈尊光顾。我们和姜君常常去吃，有一天已经吃下大半碗去了的时候，姜君忽然正色问道："你们没有放下什么毒药么？"这一句话问的张老板的儿子媳妇哑口无言，不知道怎么问答才好，姜君乃徐徐说道："我怕你们兜揽那面的生意呢。"店里的人只好苦笑，这其实也是真的，假如感觉敏捷一点的人想到店主人的本业，心里难免有这种疑问，不过不好说出来罢了。

这荤粥的味道至今未能忘记，虽然这期间已经有了四十多年的间隔，上月收到长女的乳母诉苦的信，说米价每升已至三四千元，荤粥这种奢侈食品，想必早已没有了吧。因为这样的缘故，把多少年前的地方和情状记录一点下来，或者也不是全无意思的事。

乙酉（一九四五年）七月四日